Le Secret du templier

BRIGITTE HELLER-ARFOUILLÈRE

LE SECRET DU TEMPLIER

Castor Poche Flammarion

Pour mes fils, Yves et Pierre

Hiver 1311.

Prologue

Ils avaient laissé derrière eux le village de Vieille Spesse, s'engageant sur le chemin qui menait à Lastic. Dans la nuit qui tombait, les fières tours du château se découpaient sur l'horizon d'un gris presque violet. Quelques flocons tournoyaient dans le ciel.

— Poursuivons-nous, messire? interrogea un des gardes. Ne serait-il pas plus raisonnable de passer la nuit dans ce hameau et de reporter à demain notre arrivée?

Le chevalier tourna la tête vers l'homme qui lui parlait. Une lueur d'incrédulité brilla dans son regard. Allons! Ils n'allaient pas s'arrêter maintenant, alors qu'ils touchaient enfin au but!

— Non, non... continuons notre route ! ordonna-t-il. Encore une lieue à parcourir, et nous serons arrivés !

Il se retourna, fit signe au convoi d'accélérer. Les chevaux prirent le trot sur le sentier enneigé.

Le jeune chevalier respira profondément. Il avait du mal à réaliser que son aventure était presque terminée. Demain, une autre vie l'attendait. Après cinq années passées à étudier au couvent et à soigner les malades, il faisait partie désormais de l'ordre des Hospitaliers de Saint-Jean. Il allait rejoindre l'île de Rhodes*, où leurs membres s'étaient installés.

Du chariot, des pleurs d'enfants se firent entendre. Le chevalier eut un soupir. Il se sentait soulagé. Grâce à l'escorte armée que leur avait fournie le seigneur de Lastic, il avait mené à bien la mission délicate qui lui avait été confiée. Évitant les embûches et surtout les brigands, lui et ses hommes avaient traversé une partie de l'Espagne, puis tout le sud de la France. Géraud, Madeleine, ces deux bébés que la folie de l'histoire avait placés sur

* Île de la mer Égée, entre la Crète et la Turquie.

son chemin, arrivaient à présent en lieu sûr. La vie continuait, malgré la violence qui s'abattait partout en France. Ces petits-là, au moins, seraient épargnés.

Vieille Spesse, haut pays d'Auvergne,
1321.

Chapitre 1

— Cours, petit! Cours! crie le vieux Léon.
Géraud s'élance sur le sentier qui borde la
rivière, la chienne jaune sur les talons. Déjà le
ciel s'est obscurci, prenant une teinte pourpre.
Sur le sol durci par la sécheresse, ses sabots
le gênent. Il se tord un pied, gémit de douleur
et s'arrête quelques secondes pour masser sa
cheville. Inquiète, la chienne ralentit, tourne
la tête, et, d'un coup de langue, balaye le petit
visage penché. Puis elle reprend sa course.

«Mon Dieu, faites que Madeleine ne soit pas
trop loin!» pense l'enfant.

À présent le vent s'est levé, agitant les
branches encore nues des bouleaux et des

hêtres. Comme si elle savait parfaitement où elle allait, la chienne jaune s'engage sur le pont de bois qui enjambe le ruisseau, bifurque sur la gauche, contourne un amoncellement de rochers, puis gagne la forêt toute proche.

— Madeleine! Madeleine! hurle Géraud.

Mais seul le grondement de l'orage lui répond.

Le cœur de Géraud se serre. C'est sa faute si Madeleine s'est perdue! D'habitude, après le repas du dimanche, la fillette et lui partent ensemble. Oh, bien sûr, ils ne restent jamais sans rien faire! Leurs paniers se remplissent, suivant la saison, de noisettes ou de glands, de framboises ou de champignons.

Mais, en ce jour étonnamment chaud du mois de mai, sa sœur, d'un air un peu contrit, l'a repoussé :

— Je dois voir quelqu'un, a-t-elle chuchoté d'un air mystérieux.

La surprise de Géraud a été si grande qu'il n'a pas posé une seule question! C'est vrai que, par habitude, Madeleine décide toujours, même si elle est sa jumelle...

Il l'a attendue longtemps, ruminant de sombres pensées dans la cour de la ferme, jus-qu'à l'arrivée du vieux Léon. Après toutes ces heures, il a bien fallu avouer... Le visage mangé de rides du vieil homme s'est défait, comme si chaque parole de l'enfant était un coup qu'il lui portait. Sans un mot, il a pris la direction de la rivière à grandes enjambées. Lorsque Géraud a décidé de le rejoindre, il était déjà loin.

— Pars devant avec la chienne! a-t-il dit à l'enfant en le voyant. Elle, elle saura où aller!

Et comme le garçon hésitait :

— Cours, petit! Cours! a-t-il ordonné.

Maintenant les éclairs blancs se succèdent et l'enfant sent la peur grandir en lui. Il a toujours redouté les orages, à cause, sans doute, de toutes ces histoires entendues à la veillée! Des histoires de bergers foudroyés, de troupeaux entiers décimés en une seule nuit...

— Madeleine! Madeleine! souffle-t-il, haletant, en s'engageant au milieu des chênes.

Il se souvient alors de ce soir où, quelques années auparavant, Madeleine et lui s'étaient trouvés seuls à la ferme. Géraud s'occupait des bêtes lorsqu'un terrible orage avait éclaté. La fillette, venue le rejoindre à l'étable, l'avait trouvé roulé en boule dans la paille.

— N'aie pas peur! lui avait-elle dit en s'asseyant près de lui. Ferme les yeux. Je resterai près de toi jusqu'à ce que cela soit fini...

Mon Dieu, pourquoi l'a-t-il laissée partir sans rien dire ? Aujourd'hui c'était à lui de la protéger !

À présent, Géraud est si fatigué qu'il a l'impression que ses jambes ne lui obéissent plus. Il pense qu'il va s'abattre sur le sol aussi lourdement que s'il était une de ces pierres énormes dressées çà et là au bord des chemins. Des larmes coulent de ses yeux, se mêlent aux gouttes de la pluie qui commence à tomber. Les battements affolés de son cœur se confondent avec ce grondement sourd, venu d'on ne sait où et qui tournoie au-dessus de lui comme un oiseau au-dessus de sa proie.

Tout à coup, la chienne jaune s'immobilise, hume l'air, jappe, puis se met à trottiner le nez au sol.

— Qu'y a-t-il ? demande Géraud en reprenant espoir. Tu as vu quelque...

Il n'a pas le temps de finir sa phrase : un éclair fulgurant illumine la forêt, et il est projeté à terre, dans un fracas de fin de monde.

Chapitre 2

Géraud ouvre les yeux. Il ne reconnaît pas la maison où il se trouve. Il se redresse sur un coude, réprime un cri de douleur. Tout son corps lui fait mal.

— Doucement, lui recommande une voix grave. Surtout ne te lève pas tout de suite !

Géraud tourne la tête. Un homme qu'il n'a jamais vu s'avance vers lui. Ses cheveux, son visage et son manteau de laine rouge orné d'une croix blanche sont trempés de pluie.

— C'est moi qui t'ai ramené ici, au château, lui dit-il. Je t'ai trouvé dans les bois, évanoui.

À présent Géraud se souvient : sa course dans la forêt, l'orage...

— Où... où est la chienne ? balbutie-t-il. J'ai vu un éclair et...

Ses yeux s'agrandissent de frayeur et il éclate en sanglots.

— Allons, soupire le cavalier en lui tapotant l'épaule, tu as eu beaucoup de chance. La foudre est tombée à quelques pas de l'endroit où je t'ai trouvé... Comment t'appelles-tu ?

— Où est la chienne ? hoquette l'enfant comme s'il n'avait pas entendu.

L'homme baisse la tête.

— Elle ne s'est rendu compte de rien, dit-il d'une voix sourde. Elle était juste sous le chêne et...

Il s'interrompt, passe une main sur son front. On dirait que lui aussi a du chagrin.

— Elle est morte ? hurle Géraud en se redressant.

— Voyons, petit, calme-toi ! s'exclame alors une forte femme en tendant à l'enfant un gobelet rempli de lait. En voilà une idée de se mettre dans un tel état alors que le bon Dieu n'a pas voulu de toi ! Tu devrais plutôt le remercier, et remercier aussi Bertrand de Ségur de t'avoir ramené ici...

— Allons, Marie, ce n'est rien ! coupe l'homme. Je suis bien heureux de m'être trompé de chemin et d'avoir pu ainsi porter secours à cet enfant !...

Géraud penche son visage au-dessus du

liquide crémeux et y trempe les lèvres. Que c'est bon! Il avale le breuvage d'un seul trait et manque s'étrangler. Il tousse, et la femme éclate d'un rire sonore.

— Dis donc, s'écrie-t-elle, tu avais grand-faim! Attends que je te serve encore, cela te fera du bien!

Avec lenteur, Géraud tend son bol à Marie. Son regard s'attarde sur elle. Il la connaît, c'est sûr! mais où donc l'a-t-il déjà vue?

Il boit à nouveau, tournant la tête en direction des flammes qui s'élèvent dans la grande cheminée de pierre noire. Une douce chaleur l'envahit, engourdissant peu à peu ses membres endoloris.

— Je suis la cuisinière du château de Lastic, dit la femme comme si elle lisait dans ses pensées. Je te vois chez tes parents, de temps en temps, et à la messe aussi, bien que tu n'y ailles pas souvent en ce moment!...

— C'est que j'ai du travail... souffle l'enfant. Père est fatigué et...

Il se tait. Parler de la ferme, c'est se souvenir de Madeleine, de sa course folle à travers les bois... Et puis, il y a la chienne jaune! Elle a partagé tant de bons moments avec eux! Pourquoi a-t-il fallu qu'elle disparaisse aussi?

Brusquement, le garçon se tourne vers

l'homme qui l'a ramené au château. Un chevalier certainement, avec de belles bottes de cuir
et un regard droit et bon.

— La chienne jaune... Elle avait trouvé une
trace ? La trace de Madeleine ? demande-t-il la
bouche barbouillée de lait.

Une lueur de surprise glisse sur le visage du
chevalier.

— Qui est Madeleine ? demande-t-il.

— Ma sœur, souffle Géraud. J'étais parti la
chercher quand...

Des larmes de tristesse roulent à nouveau
sur ses joues.

L'homme pose une main réconfortante sur
son épaule. Il paraît ému.

— Je vais te ramener chez toi, dit-il avec un
sourire. Il va bientôt faire nuit et tes parents
doivent se faire du souci. Mais, dis-moi, tu ne
m'as pas répondu tout à l'heure, comment t'appelles-tu ?

Et comme l'enfant se tait :

— Géraud ! répond Marie, ce petiot-là se
nomme Géraud !

***

Un cheval alezan attend le chevalier dans
la cour du château. La pluie a cessé. Bertrand

de Ségur se met en selle, puis, tendant les bras, hisse délicatement l'enfant sur la croupe de son destrier.

Ils passent le pont-levis et s'éloignent au pas, dégringolant le promontoire rocheux au pied duquel se blottit le village. Plusieurs fois, Géraud se retourne, admirant la silhouette fière du château qui se découpe dans un ciel devenu violet. Son cœur se gonfle de fierté d'y avoir pénétré.

Un vent très doux a chassé les nuages. Sans les branches cassées jonchant le sol, l'herbe couchée dans les prés, on pourrait croire qu'il n'y a jamais eu d'orage.

Après avoir longé les rives gorgées d'eau de la rivière Arcueil, ils prennent le galop dans la forêt. Accroché aux vêtements du chevalier, tout à sa joie d'être à cheval, Géraud reprend espoir. Qui sait si Madeleine n'a pas regagné la ferme, à l'heure qu'il est?

Puis Bertrand de Ségur remet sa monture au pas. Ils poursuivent leur chemin, silencieux, dans la nuit qui les enveloppe.

Une chouette hulule lorsqu'ils entrent dans Vieille Spesse, tirant Géraud de la béatitude dans laquelle il est plongé. Brandissant une torche, Léon se tient dans la cour de la ferme, sa femme Mathilde à ses côtés. Dans la lueur des flammes, le garçon voit, sur les joues de sa mère, des larmes qui n'ont pas séché.

« Madeleine n'est pas là... pense-t-il, personne ne l'a retrouvée... »

Alors l'épouvante le saisit. Il saute à terre, bredouillant quelques mots inintelligibles à l'adresse du chevalier, puis, sans un regard pour ses parents, se dirige en courant vers l'étable.

Là, allongé sur la paille, il reste longtemps à pleurer, sans pouvoir se calmer, sur ce dimanche qui lui a arraché sa sœur, et enlevé la chienne jaune.

— Madeleine, Madeleine... gémit-il.

Puis le souffle familier des bêtes, leur lente mastication finissent par l'apaiser. Il cesse de trembler.

« Sûr que demain on la retrouvera », pense-t-il.

Lorsque sa mère le rejoint, quelques instants plus tard, il a sombré dans le sommeil.

Chapitre 3

Assis sur un banc de pierre dans la vaste cour dallée, Bertrand de Ségur laisse errer son regard sur l'enfilade des bâtiments qui abritent les écuries, le réfectoire et le dortoir de la commanderie*. Ses yeux s'attardent sur la chapelle Saint-Jean-Baptiste, dans laquelle il s'est retiré un long moment pour prier.

Il a retrouvé avec une joie profonde la terre de son enfance, cette Auvergne fière et rude dont il aime chaque contour. Pourtant, s'il a

* Vaste ensemble de bâtiments souvent disposés autour d'une cour intérieure carrée et entourés de terres. À la fois exploitation agricole et lieu de vie et d'accueil, comportant chapelle, écuries, etc. La commanderie de Montchamp était située à trois lieues de Saint-Flour.

cru trouver la paix en arrivant il y a quelques jours à Montchamp, il s'est bien trompé ! À peine en a-t-il foulé le sol que tout un pan de sa vie passée a refait surface.

Le chevalier passe une main maigre sur ses joues. Comme le destin est curieux ! Qui aurait pu imaginer ?

Il y a dix ans, juste avant qu'il ne rejoigne l'île de Rhodes, Bertrand a été chargé par un ami de son père d'une mission secrète, escorter deux bébés d'Espagne jusqu'en Auvergne : Madeleine et Géraud.

Et aujourd'hui voilà que ces enfants croisent à nouveau sa route ! Car ce sont eux, c'est sûr. Leur âge, les lieux, tout porte à le croire...

La cloche du portail tinte, interrompant les réflexions du chevalier. Dans le calme de ce début de soirée, le grincement de la lourde porte lui parvient, puis le bruit lointain des voix.

Qui donc leur rend visite à cette heure ? Sûrement quelqu'un qui cherche asile... Un instant distrait, il est tenté d'aller s'en enquérir. Puis il hausse les épaules. De quoi se mêle-t-il ? Ce n'est pas son affaire bien sûr, mais celle du commandeur de Montchamp.

Bertrand de Ségur se lève. La clochette qui invite au souper vient de sonner. Après un repas frugal, il ira entendre complies*, puis retrouvera sa cellule avec soulagement. Il se sent fatigué.

Lentement, le chevalier se dirige vers la salle du réfectoire. Ses pas résonnent sur les dalles de pierre. En ce printemps 1321, la commanderie est un abri sûr, dans un pays meurtri. Depuis plusieurs années en effet, le sang de milliers d'innocents n'a cessé de couler. Celui des templiers d'abord, puis, l'année passée, celui des pastoureaux, et des juifs. Maintenant, c'était au tour des lépreux d'être pourchassés... Sans parler de ces deux années de pluies, auxquelles ont succédé trois années de famine...

Pensif, le chevalier rejoint le réfectoire. Il s'apprête à prendre sa place autour d'une des longues tables de bois lorsqu'on le bouscule. Étonné, il se retourne, et découvre un homme dont l'habit n'arbore pas la croix blanche à huit pointes des Hospitaliers. L'individu marmonne une excuse, et pose sur le chevalier un regard étrange, hésitant entre le gris et le bleu.

«Je l'ai déjà vu», pense Bertrand de Ségur en réprimant un mouvement de recul. Il se force à un signe de tête, se reprochant dans

* Dernière messe de la journée.

l'instant son attitude hostile. La commanderie est un lieu d'asile et quiconque le désire peut y trouver refuge pour la nuit, même s'il ne fait pas partie de l'ordre. Machinalement, ses lèvres esquissent le bénédicité. Mais il ne peut s'empêcher d'être distrait. Il lance de furtifs regards sur le côté, dévisageant plusieurs fois le nouveau venu.

«Je l'ai déjà vu, se répète le chevalier mal à l'aise. Mais où donc? Il y a peu de chances que ce soit dans une des commanderies où j'ai séjourné ces dernières semaines...»

Il s'assoit avec les autres, hume le ragoût de chou et de mouton tout en réfléchissant :

«Non, non, ce ne peut être si récent... Je m'en souviendrais, c'est sûr. Mais alors, où et quand ai-je déjà vu cet homme?»

Le repas terminé, il suit les frères jusqu'à la chapelle. L'homme au regard gris-bleu n'est plus là. Malgré tout, Bertrand de Ségur a du mal à prier.

Perturbé, il regagne sa petite cellule. Allongé sur l'étroite couchette, il s'interroge. D'où lui vient ce malaise, cette sensation d'un danger alors que tout à Montchamp invite au calme? Ce n'est certainement pas d'avoir retrouvé Géraud, non, bien au contraire. C'est autre chose, mais quoi?

Chapitre 4

À Vieille Spesse, les hommes du village ont organisé des battues. Pendant plusieurs jours, ils ont arpenté les bois et les prés. Mais ils n'ont rien trouvé. Pas la moindre trace de Madeleine.

Alors l'abattement s'est installé dans la maison de Léon et Mathilde. À présent, le couple vaque aux travaux de la ferme en silence. Les traits tirés par des nuits sans sommeil, ils ressemblent à des ombres dont se moque le soleil de printemps.

Géraud, bien sûr, les aide de son mieux. Comme il l'a toujours fait. Pourtant une espèce de gêne l'empêche de leur parler. Il se sent coupable. Il a honte d'être là, tout seul à leurs côtés. Il ne cesse de penser que, s'il était resté avec sa sœur jumelle, jamais elle n'aurait disparu.

Le soir, une fois la traite des bêtes terminée, le garçon part dans les prés. Il marche sans but, grignotant le pain et le lard que lui garde sa mère. Marie, la cuisinière du château de Lastic, le surprend un jour, assis sur un rocher.

— Alors, petiot, lui lance-t-elle, ce n'est pas trop dur sans Madeleine?

Géraud ravale les larmes qu'il sent affluer, cherchant sans les trouver les mots qu'il voudrait dire. L'émotion le submerge. Enfin quelqu'un se soucie de lui! C'est dur, oui... Le silence, partout, toujours, et le souvenir de cette journée d'été où il a perdu sa sœur jumelle et la chienne qu'ils aimaient!

— Ce n'est pas ma faute, balbutie-t-il, pour ma sœur...

Marie fronce les sourcils.

— Ta faute? gronde-t-elle. Qui t'a mis une idée pareille dans la tête?

— Père et mère, balbutie le garçon, ils ne me parlent plus ou si peu, c'est comme si je n'existais pas...

La femme soupire.

— Oh, ils t'aiment, c'est sûr, mais ils ont trop de chagrin! Ne pas savoir ce que ta sœur est devenue, si elle vit encore... Il y a de quoi devenir fou!

Elle s'interrompt quelques secondes, puis hoche la tête.

— Si au moins on ne racontait pas toutes ces histoires! reprend-elle. Tant qu'ils restent chez eux, tes parents ne risquent pas de les entendre, mais si elles parviennent à leurs oreilles...

— Des histoires? Quelles histoires? interroge Géraud.

Marie baisse la voix.

— On dit que ce seraient les lépreux de Saint-Flour qui auraient enlevé Madeleine...

— Les lépreux? fait le garçon avec une grimace de dégoût. Mais pourquoi? Je croyais qu'ils étaient enfermés?

— Eh bien, depuis qu'ils ont fait brûler les bâtisses où ils vivaient et qu'ils sont partis, on en voit partout! On dit même que certains d'entre eux vivent non loin d'ici, dans les bois, près du village...

Géraud grimace de surprise.

— Mais... ce n'est pas possible! s'écrie-t-il. Pourquoi l'auraient-ils enlevée?

La tête de Marie se met à dodeliner.

— Ah ça, hein! marmonne-t-elle, qui peut savoir?...

Cette nuit-là, Géraud a du mal à trouver le sommeil. Cette histoire de lépreux le tracasse. Il lui faut être sûr. Retrouver l'endroit où la chienne s'est arrêtée. Voir s'il y a des empreintes, trouver une piste, savoir ce qui s'est passé...

Il se tourne et se retourne sur sa paillasse, envisageant les hypothèses les plus folles. Par moments, il croit entendre la voix rocailleuse de Marie souffler : « Ah ça, hein ! qui peut savoir ? Qui peut savoir ? »

Le lendemain, un dimanche, son père lui offre la chance qu'il attendait. Après la traite, il interpelle le garçon :

— Laisse tes bêtes, lui dit-il, et accompagne ta mère à l'office ! Ensuite, tu pourras faire ce qui te plaît !

Ravi, Géraud ne demande pas son reste. Sur le chemin de l'église, il ne dit rien à Mathilde. Le regard bleu de sa mère, d'une tristesse insondable, le bouleverse trop pour qu'il ose parler de ses projets. Mais, après l'office, il s'éloigne, empruntant le chemin qui mène à la rivière. Il la longe un moment, puis la traverse, tourne sur sa gauche, contourne l'amoncellement de rochers et se dirige vers la forêt.

À présent des feuilles d'un vert tendre

habillent les bouleaux, les chênes et les hêtres. L'enfant hésite. Est-ce par là qu'il a pénétré dans le bois ? Ses yeux fouillent la forêt, cherchant un sentier. Mais ils ne voient que des coulées étroites, passages familiers des biches et des sangliers. Il ne se rappelle pas avoir dû se frayer un chemin avec difficulté. Sans doute doit-il continuer plus loin.

Comme il se sent perdu sans sa chienne ! Il lui a toujours fait confiance pour retrouver sa route. À présent, elle lui manque...

À l'évocation de son souvenir, Géraud écrase une larme. Le cri aigu d'un milan lui fait lever la tête. Distrait, il observe un instant le rapace qui tournoie haut au-dessus de lui, sans un coup d'ailes, profitant des courants d'air dans un ciel limpide et sans nuage.

Puis il reprend sa marche, suit un long moment le sentier. Dire qu'il y a quelques semaines il a fait tout cela en courant, sans s'arrêter... Pas étonnant qu'il se soit alors senti si fatigué !

Tout à coup, Géraud remarque l'allée. Elle n'est pas très large, mais son tracé est net au milieu des chênes. C'est ici que la chienne a bifurqué. Le garçon s'y engage à regret. Tout seul, il éprouve un peu de crainte à pénétrer dans la forêt...

Lorsque le curieux cliquetis lui parvient, Géraud sent un frisson glacé le parcourir. Il s'immobilise, le cœur battant, s'en voulant de sa frayeur mais incapable de la surmonter. Quel est ce bruit ? Pas celui d'un pivert tapant sur un tronc ! Il l'aurait reconnu... À nouveau, un léger claquement se fait entendre. C'est bien un bruit de bois...

— Reste où tu es ! grogne soudain une voix.

Géraud tourne la tête et aperçoit une vague silhouette à demi cachée derrière le tronc d'un hêtre.

— T'approche pas ! grommelle à nouveau la voix.

Ce n'est pas un ordre, mais une prière. L'homme a peur et la crainte de Géraud se mue en pitié. À qui a-t-il donc affaire ? Pas à un brigand en tout cas ! Un mendiant peut-être ?

— Qui êtes-vous ? murmure Géraud en faisant quelques pas sur le côté de manière à découvrir ce que l'arbre lui cache.

Il voit alors un pauvre hère qui, d'une main, se couvre le bas du visage avec un chiffon.

Effrayé, l'homme a un mouvement de recul.

— Va-t'en ! lance-t-il menaçant, en levant son autre main.

À nouveau, un cliquetis se fait entendre.

Alors seulement Géraud remarque l'instrument de bois... La crécelle.

Le signe distinctif des lépreux !

***

La lèpre !...

La première idée de Géraud est de fuir, mais la surprise, mêlée à la peur qui l'a repris, le cloue sur place. Tétanisé, il essaye de rassembler ses pensées lorsque, un court instant, le tissu qui protège le visage du lépreux glisse : Géraud s'aperçoit qu'il n'a plus de nez.

Malgré toute la répugnance qu'il éprouve, le garçon s'émeut devant ce spectacle. Ce n'est qu'un infirme, un être misérable dont on ne peut qu'avoir pitié.

Étonné de ne pas voir l'enfant s'enfuir à toutes jambes, le lépreux l'interroge :

— Tu n'as donc pas peur ? demande-t-il.

Géraud, qui ne peut articuler un seul mot, secoue la tête pour dire non.

— Alors, tu es plus courageux que la plupart de ceux qu'il m'arrive de croiser... soupire l'homme d'une voix déformée. Mais ne t'approche pas plus près et reste le dos au vent* !

* Pour éviter la contagion par l'air, les lépreux ne parlaient aux bien-portants que contre le vent.

Cette fois, le garçon fait un oui du menton. Sûr qu'il ne va pas s'avancer! Il craint trop d'attraper cette terrible maladie. Malgré ce qu'il a entendu de la bouche de Marie, il sait que ce n'est pas ce lépreux-là qui a pu enlever Madeleine. Il est bien trop affaibli! Qui donc alors? Machinalement Géraud inspecte les alentours, cherche des complices. Il ne voit personne. Pourtant il lui faut absolument en savoir plus sur la disparition de sa sœur.

— Que faites-vous ici? demande l'enfant. Vous êtes seul?

— Je vis seul en effet, mais c'est sans importance. Et toi, petit, que viens-tu faire dans cette forêt? Où sont tes parents?

Ainsi, le lépreux s'inquiète pour lui!! Géraud le regarde avec reconnaissance. Il a eu raison de rester, et, comme son chagrin lui pèse, le voilà qui se laisse aller à parler :

— Père et mère sont à la ferme, à Vieille Spesse. Et moi, je cherche ma sœur, Madeleine...

— Madeleine!?

L'homme semble troublé, comme si ce prénom lui était familier.

— C'est ma sœur jumelle, poursuit le garçon, ravi de l'intérêt que l'homme porte à son récit. On ne s'est jamais quittés! Et puis, un dimanche, il n'y a pas longtemps, elle est partie se promener et n'a pas voulu que je la suive. Jamais cela n'était arrivé...

Il a un hoquet et ne peut retenir ses larmes.

— On ne l'a jamais vue rentrer, et certains racontent des choses... Vous ne devriez pas rester dans cet endroit. Si Léon vous trouvait, je pense qu'il vous tuerait.

— Me tuer? Parce que j'ai la lèpre?

— Parce qu'au village on dit que Madeleine a été enlevée par des lépreux!...

Cette fois, l'homme a un sursaut. Le tissu glisse de son visage, dévoilant deux trous béants entre sa bouche et ses yeux. Son regard est celui d'un animal blessé.

— Jamais je ne ferais de mal à une enfant, lâche-t-il le souffle court, et encore moins à la fille de mon plus cher ami!

Géraud reste quelques secondes interloqué.

— Je ne savais pas que vous connaissiez mon père, reprend-il, que vous étiez amis, Léon et vous...

— Léon!? Qui te parle de Léon? Tu ne sais donc rien?

Soudain, il a l'air affolé. Il tremble si fort que sa crécelle se met à tinter.

— Oublie... oublie ce que je viens de dire, ordonne-t-il, et va-t'en!

Désemparé, Géraud n'ose plus ajouter un mot. Il se détourne, reprend le sentier qui le conduit à la ferme. Il marche comme un somnambule, perdu dans de sombres pensées.

La nuit tombe lorsqu'il pénètre dans la pièce commune. Mathilde l'attend près du feu. Géraud l'observe sans dire un mot. Son teint est d'une pâleur extrême et déjà — elle est pourtant beaucoup plus jeune que Léon — des fils d'argent scintillent dans sa chevelure d'un blond cendré. Il pense alors à Madeleine. Comme sa sœur et lui sont différents de leurs parents! Bruns de peau comme de cheveux, avec des yeux d'un noir profond, ils ne ressemblent à personne...

Un étrange malaise s'empare de Géraud. Depuis la disparition de sa jumelle, tout ce qui l'entoure semble s'effilocher autour de lui. Il avale sa soupe, silencieux, sous les regards furtifs de sa mère, partagé entre la tendresse et l'agacement. Puis il se saisit d'un quignon de pain et part à l'étable. Il a besoin d'être seul pour réfléchir.

Qu'a voulu dire le lépreux en parlant de la fille de son meilleur ami? Qu'est-ce que Géraud devrait savoir? Pourquoi le lépreux l'a-t-il chassé si vite? Toutes ces questions ne cessent de tournoyer dans sa tête.

Qui donc pourrait l'aider? Il y a bien les moines du prieuré de Vieille Spesse... Plusieurs fois, ils sont venus leur rendre visite et prier. Mais devant eux Géraud n'ose guère ouvrir la bouche. Il se sent trop intimidé.

Peut-être alors ce chevalier, Bertrand de Ségur? Le garçon ne l'a pas revu depuis qu'ils sont rentrés ensemble à cheval au village. Marie, la cuisinière, lui a dit qu'il était un membre des Hospitaliers de Saint-Jean! Un moine, et un soldat à la fois... Quelqu'un de très important! Parfois, le garçon rêve de leur chevauchée. Et lorsqu'il se réveille, il trouve difficile de n'être qu'un petit vacher.

Géraud est triste. Il se sent perdu. Il laisse les larmes couler sur ses joues. Plus jamais, c'est sûr, il ne reverra Madeleine.

Il ne regagne pas la pièce commune et se couche dans la paille. Il dort d'un sommeil agité, entrecoupé d'images. Dans ses songes, le lépreux lui fait des signes, lui dit des mots, mais il ne les comprend pas.

Chapitre 5

Le lendemain, lorsque Géraud s'éveille, un brouillard opaque enveloppe la ferme. En poussant la porte de l'étable, il sent l'épouvante le gagner.

— Madeleine... murmure-t-il dans l'haleine froide de la brume, où es-tu?

Il se souvient alors qu'il n'a pas prié. Depuis que sa sœur n'est plus là, il s'efforce de penser à Dieu plus souvent. Qui sait si le Tout-Puissant n'est pas en colère parce que l'enfant n'est pas un bon chrétien? Il va à l'église, bien sûr, mais il s'y montre souvent distrait. Il s'agenouille alors sur la terre mouillée.

— Mon Dieu, pardonnez-moi, chuchote-t-il, et faites qu'on retrouve Madeleine...

Derrière lui, les vaches sortent de l'étable. Un halo de vapeur s'enroule autour de leurs naseaux. Elles s'immobilisent dans la cour tout autour de lui.

Géraud se relève, les apostrophe :

— Violette, Linotte, Bataillou... Allons-y!

Puis il s'engage sur le sentier rocailleux qui mène aux prés.

Géraud sait qu'en cette saison le manteau gris se déchire vite et qu'un soleil radieux baignera bientôt la montagne. Mais pour l'instant, il risque fort de se perdre, ou pire, d'égarer une ou plusieurs bêtes... Un instant, il a la tentation de faire demi-tour, mais la crainte de se faire gronder le retient. Même s'il l'appelle «petit», son père ne dit-il pas souvent qu'à dix ans on est déjà un homme?

Ce n'est qu'à quelques enjambées de lui seulement qu'il devine la présence d'un cheval.

— Diantre! lance une voix masculine, tu sors par ce temps? On n'y voit pas à dix pas!

Le cœur battant, Géraud lève la tête. Dans la faible clarté du jour, il distingue un manteau rouge orné de sa croix blanche : le signe des Hospitaliers de Saint-Jean! Bertrand de Ségur se tient devant lui!

Le chevalier est descendu de son destrier, un drap de laine replié sous son bras. Il sourit.

Il semble à Géraud qu'il est beaucoup plus jeune que lors de leur rencontre au château de Lastic.

— Vous? s'exclame-t-il surpris.

— Je sais, dit Bertrand de Ségur, j'ai mis du temps avant de venir te voir!

Géraud se sent rougir. Ainsi, le chevalier lui rend visite?

— Oh! balbutie-t-il ému, c'est de ma faute! L'autre fois, je n'ai pas...

Il n'arrive pas à finir sa phrase.

— Qu'est-ce que tu n'as pas fait? demande avec douceur le chevalier.

— Le... le soir de l'orage, bégaye Géraud, je ne vous ai dit ni au revoir ni merci...!

— Tu étais si triste, dit le chevalier, et si fatigué!

À peine a-t-il terminé sa phrase que, sous son bras, le drap de laine se met à bouger.

— Dieu du ciel! s'écrie-t-il, j'allais oublier!

Il se saisit de son curieux paquet avec l'air d'un gamin pris en faute.

— Regarde! dit-il à Géraud, je t'ai apporté quelque chose...

— Qu'est-ce que c'est? interroge le garçon.

D'une main, Bertrand de Ségur entrouvre son drôle de baluchon. Une petite tête au poil couleur crème pointe son nez.

— Un chien? souffle Géraud, les yeux écarquillés.

— Une chienne, sourit le chevalier. Pour remplacer celle qui était avec toi dans le bois, le jour où je t'ai trouvé.

Il éclate de rire.

— J'ai eu du mal, tu sais, pour la couleur... J'ai dû beaucoup chercher!

Géraud voudrait parler, dire son bonheur, mais il ne peut articuler un seul mot. Il a envie de rire et de pleurer.

— Quel nom vas-tu lui donner? demande Bertrand de Ségur en déposant le chiot dans les bras du garçon.

Géraud a une moue d'hésitation.

— Bah... dit le chevalier, rien ne presse! Tu as le temps d'y penser...

Autour d'eux les vaches se sont rassemblées, les enveloppant de leur chaleur. Soudain le rideau de brouillard se déchire, laissant filtrer les rayons du soleil. Bertrand de Ségur avise un muret de pierres sèches, qui borde le chemin.

— Asseyons-nous, propose-t-il, puisqu'à présent le temps le permet!

Ils restent un moment silencieux. Dans les bras de Géraud, le chiot s'est endormi. L'enfant le contemple avec tendresse, puis lève les yeux sur le chevalier. «Pourquoi m'a-t-il fait ce cadeau? se demande-t-il un peu éberlué. À moi, qu'il ne connaît pas et qui ne suis qu'un simple fils de fermier? Est-ce qu'il a pitié de moi parce que j'ai perdu Madeleine?»

Comme s'il lisait dans ses pensées, Bertrand de Ségur l'interroge :

— On ne sait encore rien de ce qui a pu arriver à ta sœur, n'est-ce pas?

— Non, répond le garçon.

— Mmm... Il faudrait que quelqu'un se rende à Saint-Flour et prévienne les consuls...

Pour un peu, Géraud aurait ri. Les consuls! Comme si les gens de la ville s'occupaient du sort des manants de Vieille Spesse!

— On voit bien que vous n'êtes pas d'ici, soupire-t-il. À Saint-Flour, on se moque bien de ce qui se passe chez nous!

Le chevalier sourit.

— Qu'est-ce qui te fait dire que je ne suis pas d'ici? Je suis, bien au contraire, un fils de ce pays...

— Ah bon? s'étonne Géraud. Le jour où vous m'avez trouvé dans la forêt, pourtant, vous avez raconté que vous vous étiez perdu!

— Mais c'était vrai! Il y a dix ans que je n'ai pas emprunté les chemins des environs...

Bertrand de Ségur laisse entendre un petit rire nerveux.

— Heureusement que je ne me suis pas perdu, ce jour d'octobre 1311, malgré la neige qui commençait à tomber. Dieu sait que ma mission était délicate!...

Le chevalier s'interrompt. Il semble gêné tout à coup. Il pose un regard interrogateur sur Géraud, hésitant manifestement à en dire plus. Mais l'enfant n'y prête pas attention. Il paraît sortir d'un rêve.

— Une mission, soupire-t-il transporté en pensée loin du monde de la ferme. Elle était dangereuse? C'était une mission pour le roi?

— Non, répond le chevalier. Une mission de sauvegarde pour des enfants que protégeait le seigneur de Lastic. Mais nous en reparlerons plus tard, il me faut repartir.

Dans les bras de Géraud, la chienne se réveille, gémit doucement en découvrant le visage de l'enfant.

Le chevalier se lève, flatte l'encolure de son alezan, qui broute au milieu des vaches.

— Peut-être pourrais-tu m'accompagner à Saint-Flour, qu'en dis-tu?

— Moi? s'étonne Géraud.

— Qu'est-ce qui t'en empêche? Je me sentirais moins seul si tu acceptais, et puis, nous ne serons pas absents plus de la journée.

— C'est que, balbutie l'enfant, je ne suis jamais monté à cheval !

— Tu t'es bien tenu derrière moi lorsque je t'ai ramené du château, et pourtant nous avons galopé ! Je te confierai la plus douce des juments de la commanderie, et si vraiment tu n'es pas à l'aise, je pourrai toujours te prendre en croupe.

— Et mes parents ? demande Géraud.

— J'en fais mon affaire ! répond le chevalier.

Chapitre 6

Ils sont partis très tôt, cheminant au pas l'un derrière l'autre, sur le petit sentier qui mène au hameau de La Fageolle. L'ombre de la nuit se dissipe lorsqu'ils atteignent le village. Une lueur orange teinte l'horizon. Sans un mot, ils se mettent au botte à botte*, profitant du chemin qui s'élargit.

Le soleil apparaît lorsqu'ils atteignent la Planèze, inondant le paysage d'une lumière rasante. Ébloui, Géraud contemple l'immense espace de landes et de bruyères qui s'étend sous leurs yeux. Rien n'arrête le regard, si ce n'est, çà et là, quelques bancs de brume lointains, sortes de lacs étranges et mystérieux.

* L'un à côté de l'autre.

— Tu es prêt? lance Bertrand de Ségur.

Géraud hoche la tête. Comme le chevalier le lui a conseillé, il prend les rênes dans une de ses mains et, de l'autre, s'accroche fermement au pommeau de la selle.

— Alors allons-y! ordonne le chevalier.

D'un simple et impérieux claquement de langue, Bertrand de Ségur se fait comprendre des chevaux, qui, sur-le-champ, prennent le galop. D'abord surpris, Géraud se crispe. Mais son corps s'habitue vite au rythme régulier et élastique. Foulant de leurs sabots le sol souple, les chevaux parcourent le vaste plateau côte à côte. Puis, lorsque le terrain commence à s'incliner, à descendre doucement vers la forêt, le chevalier s'écrie :

— Oh! Oh!

Aussitôt l'alezan ralentit. La jument l'imite, et c'est au pas que les cavaliers pénètrent dans les bois.

— Quand j'avais ton âge, déclare Bertrand de Ségur, je n'étais jamais si heureux que lorsque nous partions à la chasse avec mon père. Non pas pour le gibier : déjà je n'aimais pas tuer. Mais parce que nous passions alors la journée à cheval!

— Vous avez dû avoir une belle vie! souffle Géraud.

— Et j'espère bien qu'elle n'est pas finie ! Même si avec mes trente-cinq ans, je dois te sembler bien âgé !

Géraud rougit.

— Allons, allons ! reprend Bertrand de Ségur. Ne sois pas gêné. Mon enfance, c'est vrai, a été belle, libre et heureuse. Mon père était l'un des seigneurs de ce pays. J'ai grandi près d'ici, entouré de mes cinq frères et sœurs. Puis je suis parti à Toulouse étudier le droit et la théologie. Ensuite j'ai choisi la vie qui me convenait. Je suis quelqu'un de très simple. Je n'ai jamais eu le goût du luxe, de la fête. J'ai intégré l'ordre des Hospitaliers de Saint-Jean, afin de consacrer ma vie aux autres. Après la mission qui m'a conduit de l'Espagne à Lastic, j'ai quitté la France pour plusieurs années...

Géraud hoche la tête. Il se souvient de cette histoire que lui a racontée le chevalier, il y a deux jours.

— Pourquoi fallait-il qu'ils quittent leur pays, les enfants dont vous m'avez parlé ? Que sont-ils devenus ?

Le visage du chevalier s'assombrit. Un instant, il se tait. Géraud perçoit ce trouble et s'en étonne.

— Tout ce que je savais à l'époque, reprend enfin Bertrand de Ségur, c'est que ces petits avaient perdu leur mère et que leur père voulait leur trouver une famille, les mettre en lieu sûr... Ensuite, je suis parti pour l'île de Rhodes et, depuis dix ans, je ne suis pas rentré.

À présent, ils quittent le bois, la pénombre. Et là, dans le bleu du ciel, une cité de pierre fière et inaccessible apparaît, fichée sur un piton rocheux.

— Saint-Flour ! souffle Géraud avec admiration.

— La ville imprenable, dit le chevalier, soulagé de la tournure nouvelle que prend la conversation. Connais-tu son histoire ? Sais-tu qu'il y a quelques centaines d'années il n'y avait rien ici sur ce qu'on appelait alors le mont Indiciac ? Rien qu'une chapelle abritant le tombeau d'un homme nommé Flour et dont on a fait un saint ?

Sans attendre la moindre réponse, il poursuit :

— Maintenant, veille à rester près de moi. Nous ne sommes pas loin de l'entrée du faux bourg !

La foule est dense sur le pont Sainte-Christine qui enjambe la rivière de l'Ande. Un attroupement s'est formé devant une petite loge de bois qui semble accrochée à la palissade. Certains tendent une obole, une miche de pain, d'autres disent simplement un mot en esquissant le signe de croix.

— Qu'est-ce que c'est? demande Géraud.

— Tu ne sais pas? C'est une recluse! quelqu'un qui a choisi de rester enfermé pour prier Dieu et protéger ainsi la ville des guerres, des famines ou des épidémies...

— Elle ne sort jamais?

Géraud ne peut s'empêcher d'avancer à son tour vers la petite fenêtre munie de barreaux de fer. D'abord il ne voit qu'un trou sombre, puis ses yeux s'habituent à la pénombre, distinguent une forme humaine. Sans savoir pourquoi, Géraud pense à Madeleine et murmure son nom.

Alors la forme se rapproche et Géraud voit une femme sans âge, vêtue d'une bure de laine et d'une capuche qui lui tombe sur le front. Ses yeux délavés et sans vie se posent sur l'enfant. Elle est d'une pâleur extrême.

Effrayé, le garçon recule, trébuche, et manque de tomber. Bertrand de Ségur lui attrape le bras, l'entraîne au milieu des charriots et des mulets. Il n'a rien remarqué du trouble de Géraud, ou peut-être ne veut-il pas s'y attarder.

— Lève les yeux! lui conseille-t-il joyeusement. Nous avons trois cent vingt-cinq pieds à franchir à travers le roc! Heureusement que nous ne sommes pas fatigués!

D'un pas alerte, ils grimpent la charreyra* de la Costa où le tac-tac des métiers à tisser se mêle au chant des tisserands, suivent ensuite la charreyra de la Plancheta et arrivent devant la tour du Thuile, porte d'accès à la ville haute. Comme à l'entrée de la ville basse, les gardes saluent Bertrand de Ségur et les laissent passer. Géraud est impressionné. «C'est la croix blanche du manteau des Hospitaliers, pense-t-il très fier. Personne ne songe à l'ennuyer!»

Maintenant, les maisons à colombages se succèdent, arborant leurs enseignes — barbier, orfèvre, fripier — balancées par le vent.

— Je dois me rendre à la maison des consuls, dit le chevalier. Je ne serai pas long. Attends-moi à la taverne, sur la Plassa**, à l'heure du déjeuner.

Géraud se laisse porter par la foule qui déambule devant l'église Saint-Pierre***. Sur la

* Mot à mot, chemin des chars; rue.
** Actuelle place d'armes.
*** Future cathédrale, dont les travaux débuteront vers 1400.

grand-place, c'est jour de marché et il ne peut s'empêcher d'avoir un pincement au cœur. Comme Madeleine aurait aimé être là! Il imagine sa joie devant les étals de tissus et de draps, son rire gourmand devant les pots de confiture de coings.

— Cornedouille! Fais attention! s'exclame un homme en l'apostrophant.

Perdu dans ses pensées, le garçon a failli buter dans des voliges* de sapin. Confus, il bredouille une excuse.

— Belles volailles! Beurre frais! crie une matrone.

— Quarante-deux sous mes clous de girofle! vante une autre.

— Des sabots, messire? lui propose une fillette.

Flatté, Géraud secoue la tête. Dieu merci, il n'a pas l'air d'un manant! Lorsque, la veille au soir, sa mère a sorti du coffre de bois des vêtements en bon état et qu'il n'avait encore jamais portés, Géraud s'est demandé, l'espace d'un instant, où elle avait bien pu les acheter. Il y avait là une chemise de chanvre, une cotte de laine, des bottes de cuir épais et un mor-

* Planches.

ceau de tiretaine* en guise de manteau. Il était si joyeux en les essayant qu'il n'a même pas posé de questions. D'ailleurs, Géraud et Madeleine n'ont-ils pas trouvé souvent, dans ce coffre, ce qu'il fallait pour s'habiller?

Petits, ils trouvaient cela naturel, d'être bien vêtus. Oh, bien sûr, ce n'était que pour les grandes occasions! Mais maintenant qu'il y pense, Géraud est troublé. Leurs parents sont pauvres. Aussi pauvres que la plupart des habitants du village dont les fils et les filles vont souvent pieds nus et le ventre creux. D'ailleurs, pas plus tard que ce matin, le chevalier ne lui a-t-il pas lancé un regard ébahi en découvrant sa tenue? Le garçon s'étonne. Pourquoi se rend-il compte de cela aujourd'hui?

Sixte** sonne, interrompant ses réflexions. L'enfant rejoint la taverne que lui a indiquée le chevalier.

***

Malgré les nombreuses torches accrochées aux murs il fait sombre dans la taverne. On

* Étoffe de laine.
** Presque midi.

s'y presse pourtant, et Géraud a du mal à se frayer un passage entre les tables de bois sur lesquelles brûlent des chandelles. Certains mangent, d'autres vident leur gobelet de vin en jouant aux osselets, tous parlent, rient ou s'invectivent dans un vacarme assourdissant.

Bertrand de Ségur est installé au fond de la salle, face à la grande cheminée de pierre dans laquelle crépite un feu.

— Ah, Géraud! dit le chevalier en découvrant le garçon. Je commençais à me demander si j'avais bien fait de te laisser seul!

— Je suis en retard? interroge l'enfant.

— Non! simplement j'ai réalisé en ton absence que tu ne venais pas souvent en ville! Tu aurais pu te perdre, qui sait? Assieds-toi maintenant! j'ai grand-faim...

De la main, il fait un signe au tavernier.

— J'ai informé le consul de la disparition de Madeleine. Il n'était pas au courant et ignore, bien sûr, ce qui a pu se passer. Il y a bien quelques rumeurs concernant des lépreux en fuite, mais elles ne sont pas fondées.

La moue de Géraud n'échappe pas au chevalier.

— Qu'y a-t-il? Tu penses qu'il se trompe? Moi non plus, je ne crois pas à tous ces bruits qui courent.

Le garçon baisse la tête sans répondre.

Bertrand de Ségur laisse s'installer un silence. Le tavernier est là. Il dispose devant eux des écuelles emplies d'un ragoût fumant.

— Voyons, Géraud, que se passe-t-il? reprend le chevalier dès que l'homme s'est éloigné. Il y a quelque chose dont tu ne m'as pas parlé? Tu ne me fais donc pas confiance?

L'enfant lève les yeux. Oh, si! il a confiance. Et cela le soulagera de parler! D'un trait, il livre le récit de sa rencontre avec le lépreux dans la forêt, les phrases étranges prononcées avant qu'ils ne se séparent.

Le front du chevalier se plisse.

— La fille de mon plus cher ami? Tu es certain de ce que tu as entendu?

— Oui, dit Géraud entre deux bouchées.

Bertrand de Ségur passe sa main sur son menton.

— Ma foi, tout cela est très confus. Mais faut-il prendre au sérieux les paroles d'un malade?

Son regard s'attarde sur les flammes qui s'élèvent devant lui.

— Nous en saurons plus dans quelques jours. Le seigneur de Lastic va regagner son château. Lui doit bien être au courant de ce qui se passe sur ses terres!

Soudain, la porte s'ouvre, laissant pénétrer un flot de lumière et une bouffée d'air frais. Un homme entre. Il scrute la pièce du regard, comme s'il cherchait quelqu'un. Géraud le voit s'avancer jusqu'à leur table.

Il s'arrête devant le garçon, le dévisage avec un curieux sourire. Bertrand de Ségur lève la tête. Qui est cette personne ? Quelqu'un qui connaît Géraud ? Surpris, l'enfant examine le visage qui lui fait face. Il découvre, dans la lueur du feu, des yeux d'une couleur étrange, faite de gris et de bleu.

— Quelle ressemblance frappante ! s'exclame l'homme. Frère et sœur, on pourrait s'y tromper !

Bertrand de Ségur se lève brusquement, renversant le banc de bois sur lequel il était assis.

— Mais ! gronde-t-il, qui vous permet de vous adresser à Géraud ? Qui êtes-vous ?...

— Géraud, dites-vous ? C'est donc bien ce que je pensais ! répond l'homme d'un air moqueur.

Puis il fait un signe de tête, se dirige vers la porte de la taverne et s'en va.

— Mais de quelle ressemblance parlait-il ? interroge Géraud. Et pourquoi : « frère et sœur, on pourrait s'y tromper » ?

— Tu as déjà vu cette personne ? demande le chevalier.

— Non, jamais. Je m'en souviendrais. Quels drôles d'yeux il a !

— Moi, je l'ai déjà vu, déclare Bertrand de Ségur d'un air sombre. Il y a quelques jours, il a dormi à la commanderie. Et plus j'y pense, plus je suis sûr de l'avoir déjà rencontré.

Il se rassoit, pousse un soupir de lassitude.

— Il y a très longtemps sans doute, marmonne-t-il encore, car je n'arrive pas à m'en souvenir. Son allure en tout cas ne me dit rien qui vaille...

— Moi, approuve Géraud, je pense qu'il est mauvais au fond de son cœur !

Chapitre 7

Après avoir raccompagné Géraud, Bertrand de Ségur regagne Montchamp. Il s'enferme dans sa petite cellule, l'arpente d'un pas nerveux. Où donc a-t-il déjà vu cet homme au regard gris-bleu? Qui est-il? Que cherche-t-il? Pourquoi et comment connaît-il Géraud et sa sœur, Madeleine?

Épuisé, il s'allonge, passe une main tremblante sur son visage. Il sait qu'il lui faut se replonger dans le passé, entrouvrir les portes de sa mémoire. Peut-être y trouvera-t-il un indice, un début de réponse. Il ferme les yeux, laisse les souvenirs affluer.

Il se revoit à l'âge de Géraud, entouré de ses parents, de ses frères et sœurs. Une famille heureuse. Souvent son oncle, Pierre de Ségur, leur rendait visite. Bertrand avait pour lui une admiration éperdue. L'homme était templier, membre d'un ordre religieux qui avait eu pour mission de protéger les pèlerins sur le chemin de la Terre sainte lors des croisades. Bertrand désirait suivre la même voie, servir Dieu avec son âme et son épée, être lui aussi un «chevalier du Christ».

Mais à sa grande surprise, Pierre de Ségur l'en avait dissuadé :

— La France ne nous apprécie plus, Bertrand, et je crains que les choses ne s'arrangent pas. On ne pardonne pas à notre ordre d'être riche, plus riche que le roi, à qui nous prêtons de l'argent! Et puis, surtout, on nous accuse de n'avoir pas su garder la Terre sainte. Si tu souhaites t'engager, rejoins plutôt les frères hospitaliers de Saint-Jean...

La cloche du réfectoire sonne, invitant les moines à dîner. Mais Bertrand n'a pas envie de se laisser distraire. Le souvenir de son oncle lui apparaît nettement à présent. Il revoit son visage rayonnant de sérénité, de joie de vivre, ses yeux noisette brillant de bonté. Des larmes lui viennent, qu'il ne cherche pas à retenir.

Il avait suivi ses conseils. À l'âge de vingt

ans, il était entré au couvent et, durant cinq années, avait consacré sa vie aux soins des malades. Il n'avait quitté son poste qu'une seule fois pour regagner en hâte la demeure familiale. C'était en automne 1307. Sa sœur cadette était mourante.

Au soir du 12 octobre, son oncle Pierre de Ségur était venu prier avec eux. Puis il avait regagné la commanderie de Celles, à quelques lieues de là.

— Je serai là demain matin, avait-il promis.

Bertrand de Ségur se tourne sur sa couchette. Les pleurs affluent. Il a tant refoulé ses larmes alors! Il porte la main sur sa bouche, essayant en vain d'étouffer ses sanglots.

— Mon Dieu, balbutie-t-il, mon Dieu!...

Personne ne pouvait se douter, en cette aube du 13 octobre 1307, que les troupes du roi Philippe le Bel avaient pour ordre d'envahir toutes les commanderies, d'arrêter tous les templiers et de les jeter en prison.

Inquiet de ne pas voir arriver son oncle, Bertrand avait fait seller son cheval et pris la direction de Celles. Alors qu'il chevauchait, un cri épouvantable s'était fait entendre. Le jeune homme avait quitté son chemin et découvert dans un pré un bûcher allumé. Pierre de Ségur, en route pour dire adieu à sa nièce, avait été rattrapé par l'armée et accusé de fuite. Il venait d'être brûlé, juste pour l'exemple.

Bertrand de Ségur se lève et, titubant, dirige ses pas vers la fenêtre. Une nuit claire et calme enveloppe maintenant le domaine de Montchamp. Des milliers d'étoiles scintillent dans le ciel.

« Pourquoi repenser à toutes ces souffrances, soupire-t-il, à tout ce gâchis ? Le passé est mort, je dois me tourner vers l'avenir, m'occuper de ces enfants que Dieu a remis sur ma route. »

Cette pensée le soulage. Il a toujours eu besoin de vouer sa vie aux autres. Il s'allonge à nouveau, esquisse un signe de croix, a une prière pour Géraud et Madeleine, puis, épuisé, sombre pour quelques heures dans le sommeil.

***

Il se réveille le souffle court, le cœur battant à tout rompre. Malgré la sueur qui l'a soudain recouvert, il frissonne. Avec une netteté stupéfiante, les images de son horrible cauchemar lui reviennent en mémoire. Épouvanté, il porte les mains sur son visage, comme pour vérifier qu'il est bien vivant. Pendant toutes ces années passées sous le ciel de l'île de Rhodes, jamais il n'a été la proie de ce cauchemar terrifiant.

— Oncle Pierre... murmure-t-il.

Il revoit la poignée d'hommes réunis autour du bûcher. Il se souvient de l'effort violent qu'il avait dû faire pour se contrôler, pour ne pas se jeter contre ces soldats pleins de haine. L'un d'eux ne le quittait pas des yeux, à l'affût d'un cri, d'un signe de révolte. Bertrand savait qu'il risquait la prison, ou pire encore le bûcher, s'il se laissait aller. Il avait pensé à sa sœur, à son père, et il était resté de marbre lorsque leurs regards s'étaient croisés.

Soudain, il lui semble que tout s'éclaire. Le visage de l'officier apparaît. Son regard froid, coupant comme un poignard. Un regard étrange, déroutant, où se mêlent le gris et le bleu.

— C'est lui! s'exclame le chevalier. L'homme qui a tué mon oncle! Celui qui a trouvé asile à la commanderie, qui a parlé à Géraud... C'est lui!

Il ne peut trouver le sommeil du reste de la nuit. À l'aube, il fait préparer son cheval et quitte la commanderie. Il a besoin de prendre l'air, d'avoir une activité physique, afin de mieux réfléchir.

Il essaye de rassembler les morceaux de cette histoire. Pourquoi cet officier est-il encore là? Il y a bien longtemps que les templiers ont été arrêtés, torturés et brûlés! Et que tous ceux qui ont eu la chance de fuir sont loin! Que fait ici cet espion du roi? Quel rapport peut-il y avoir entre cet homme et deux enfants comme Géraud et Madeleine?

Chapitre 8

Mathilde a mis des raves à cuire sous la cendre, puis s'est installée devant la fenêtre pour ravauder* un surcot** de laine. On n'y voit guère. Depuis l'aube, une pluie fine tombe sans discontinuer.

La jeune femme se tourmente. Depuis qu'il a passé la journée à Saint-Flour, Géraud se montre plus taciturne encore que d'habitude. D'ailleurs, il n'a presque rien raconté de son escapade... Pourquoi se montre-t-il si distant? Et s'il avait appris quelque chose? «Je ne peux plus attendre, pense-t-elle, je dois lui parler.»

* Raccommoder.
** Vêtement de dessus, porté jadis par les filles et les garçons.

La peur habite Mathilde. Peur de ne jamais revoir Madeleine, bien sûr, mais aussi de perdre l'amour, la confiance de Géraud. Dans le village, les visites d'un chevalier de l'ordre des Hospitaliers de Saint-Jean à un petit paysan ont délié les langues. Les doutes qui demeurent sur la naissance de ses enfants font jaser. Elle n'a que trop tardé à dire la vérité.

La porte s'ouvre. Le visage fermé, Géraud pénètre dans la pièce, sa chienne sur les talons. Sur ses cheveux couleur de jais, les gouttes de pluie brillent comme des perles. « Il faut que je parle, pense à nouveau Mathilde. Tout de suite... Maintenant...»

Elle fait un effort, engage la conversation :

— Tu te languis, n'est-ce pas? murmure-t-elle.

L'enfant lève la tête. Il ne dit rien. Ses yeux sombres rencontrent le regard bleu de sa mère.

— Tu penses à ta sœur bien sûr, poursuit-elle. Sans Madeleine, la maison a perdu toute gaieté...

Géraud hausse les épaules.

— Il faut que je te dise quelque chose, mon petit, poursuit Mathilde. Cela m'est difficile... Et j'aurais aimé que Madeleine soit avec toi...

Sa voix se brise.

— Qui sait si nous aurions tout ce malheur si j'avais avoué plus tôt!

— Avoué? Avoué quoi? demande Géraud.

— Tu sais, murmure-t-elle, il y a un peu plus de onze ans, Léon et moi avons perdu un enfant... le dernier.

Mathilde n'attend pas de réponse. Géraud n'ignore pas que ses parents ont perdu quatre filles, toutes nées avant lui et Madeleine...

— Quelques mois après, nous avons reçu la visite du seigneur de Lastic. Il souhaitait trouver une famille pour deux bébés, dont la mère était morte. Le père était un de ses amis. Il vivait en Espagne.

Mathilde a un pauvre sourire. Elle ne regarde plus son fils. On dirait qu'elle raconte un rêve, un rêve vieux de dix ans...

— Nous avons accepté bien sûr! Deux enfants... Un garçon et une fille...

Le visage de Géraud s'est durci.

— Mon Dieu! murmure-t-il bouleversé. Ce n'est pas possible...

Elle ne l'entend pas. Si elle parle peu d'ordinaire, aujourd'hui elle ne veut pas s'arrêter. Elle porte son secret depuis trop longtemps.

— Le seigneur avait exigé le plus grand secret. Aux yeux de tous, vous deviez être nos enfants. Pendant plusieurs semaines, j'ai refusé les visites, je ne suis pas sortie, simulant une grossesse. Au château, seule Marie était au courant. Votre arrivée a été un des plus beaux jours de ma vie. J'aurais voulu que la terre entière vous admire. Mais il nous fallait continuer à mentir. Vous aviez cinq mois déjà, c'était bien âgé pour des nouveau-nés ! Si quelqu'un s'était rendu compte ! Alors on a raconté que vous étiez malades, qu'il ne fallait pas vous approcher...

Elle se tait un court instant.

Géraud reste silencieux. Maintenant il est en proie à des sentiments si opposés... Jamais il n'aurait imaginé être le fils d'une autre femme que sa mère, d'un autre homme que Léon... Il est en colère de ne pas l'avoir su plus tôt. Mais tout était si évident pourtant ! Comment ne l'a-t-il pas compris avant ?

Mais déjà sa mère poursuit :

— Je voudrais te dire une chose encore, puisque j'ai du courage. J'ai perdu quatre filles. Et je ne remercierai jamais assez le ciel d'avoir pu vous élever, toi et Madeleine. Je vous ai aimés, et je vous aime toujours, comme une mère aime les enfants qu'elle a mis au monde. Pour moi, il n'y a aucune différence.

Tu es mon fils, Géraud, comme Madeleine est ma fille...

Ses pleurs affluent tandis qu'elle prononce ces mots. Un instant, elle cache sa tête dans ses mains.

— Mère, murmure le garçon en s'approchant d'elle.

Il ne supporte pas ses larmes. Une bouffée d'affection l'envahit. C'est elle qui l'a élevé. C'est elle qui l'aime. Qu'est-ce que tout cela change puisque son autre mère est morte?

— Mère... répète-t-il.

Mathilde relève la tête, regarde son fils. Un sourire s'ébauche à travers ses larmes.

— Sais-tu que vous êtes des enfants du manteau?

Géraud a entendu les moines du village expliquer cette coutume. Le petit que l'on adopte est déposé sous le manteau de son père ou de sa mère, et glissé dans les plis du vêtement comme pour naître à nouveau. Il le sait, c'est un geste d'amour. Malgré ce qu'il vient d'apprendre, rien ne pourra changer les sentiments profonds qui l'unissent à ses parents.

***

L'après-midi, malgré la pluie, Mathilde et Géraud se rendent aux champs pour arracher le chiendent et le faire brûler. C'est un travail difficile, éreintant, mais indispensable pour pouvoir ensuite aérer la terre, la déchirer avec l'araire. Au plus fort de l'été, il ne restera qu'à écarter le fumier à la fourche, et le sol sera prêt pour les semis de septembre.

Souvent, Mathilde s'arrête et pose ses deux mains sur son dos douloureux. Géraud, lui, ne ressent rien. Il travaille comme un automate, car il n'en finit pas de penser à ce qu'il vient de découvrir et qui bouleverse sa vie.

Ainsi, ce qu'il pressentait depuis plusieurs semaines, voire depuis plusieurs mois, était donc vrai ! Il y avait des secrets autour de lui, de Madeleine. Ils ne sont pas des enfants du village. Qui est cet ami du seigneur de Lastic, cet homme qui se trouve être leur père ? Un homme important certainement !

Curieusement, il lui semble que depuis ce matin il a grandi. Qu'il n'est plus ce petit garçon qui ne songeait qu'à courir les sentiers, grimper aux arbres ou aller pieds nus dans les eaux froides et claires de l'Arcueil pour attraper des truites. Il se sent à la fois plus fragile et plus fort.

Tout à coup, Géraud se souvient d'un événement qui l'avait troublé, il y a plusieurs années. Il devait avoir sept ou huit ans, et, alors qu'il était allé au puits chercher l'eau dont ils avaient besoin, des commères s'étaient arrêtées pour le regarder, tout en chuchotant. Puis l'une d'entre elles avait crié :

— Eh bien, en voilà un qui n'a pas faim au moins ! Hein, Géraud ? La Mathilde, elle a su y faire !

Le garçon était vite rentré. Qu'est-ce que Mathilde savait faire ? Pourquoi donc n'avait-il pas faim ?

Il n'avait rien dit à personne. Même pas à Madeleine. Mais aujourd'hui, il commençait à comprendre pourquoi ses parents n'étaient pas aimés.

— Est-ce vrai, lance-t-il à sa mère, que Madeleine et moi avons eu moins faim que les autres enfants du village ?

La jeune femme se redresse. Il ne fait pas très chaud, mais un peu de sueur coule le long de son front, collant une mèche de ses cheveux blonds. Des plis de fatigue marquent ses beaux yeux.

— Pourquoi me demandes-tu cela ? demande-t-elle doucement.

— Les gens, à Vieille Spesse, ils ne vous parlent presque pas. Et nous, avec Madeleine, c'est vrai qu'on a toujours eu de quoi manger. Et puis d'autres choses aussi, que les autres n'avaient pas. Des vêtements par exemple, dans le coffre de bois...

Mathilde soupire.

— Le seigneur de Lastic nous a toujours aidés. Crois-tu qu'il aurait pu voir les enfants d'un de ses amis aller en loques et le ventre creux? C'est Marie qui était chargée de nous ravitailler. Discrètement bien sûr. Les premières années, personne ne s'est aperçu de rien. Mais plus tard, après les deux années de pluies*, lorsqu'il y a eu la grande famine et qu'ici les gens ont souffert de la faim, vos joues pleines ont fait jaser. Dieu sait que j'ai tremblé chaque jour que l'on ne découvre la vérité. Je sais que certains, alors, ont fait suivre Marie. La pauvre femme en était bouleversée! Ce sont les moines de notre prieuré qui ont fait taire les langues...

— Les moines? Ils sont au courant?

— Bien sûr, mais ils sont tenus au secret. Ils ne nous ont jamais trahis.

Géraud sourit. Il revoit les sandales pous-

* En 1315 et 1316 des pluies continuelles se sont abattues sur la France. Les trois années qui ont suivi ont été des années de famine.

siéreuses, les bures râpées, et les visages enjoués des moines de Lérins* lorsqu'ils lui lancent, dans les rues du village, leur habituel : « Dieu te bénisse, Géraud ! »

Le martèlement des sabots d'un cheval au galop le tire de ses pensées.

— Tiens, lance Mathilde. Voilà Monsieur de Ségur ! Je vous laisse. J'ai mon souper à préparer !

L'alezan du chevalier s'immobilise devant le garçon, la robe mouillée d'écume.

— Je reviens du château de Lastic, déclare Bertrand sans mettre pied à terre. Je ne peux m'attarder. Le seigneur est rentré et nous avons convenu de nous voir demain.

Son regard croise celui de Géraud.

— Dis-moi, je te trouve une drôle de mine, quelque chose ne va pas ?

Le garçon baisse la tête et ne répond pas. Comment trouver les mots, expliquer le trouble qui l'habite depuis les révélations de sa mère, ce matin !...

— C'est à cause de Madeleine ? demande

---

* Après la destruction de leur monastère par les Sarrasins, un groupe de moines des îles de Lérins se réfugia vers l'an mille dans la vallée de l'Arcueil, fondant le prieuré de Vieille Spesse. Ils ne quittèrent définitivement l'Auvergne qu'en 1323.

Bertrand de Ségur. Écoute, Géraud, il faut garder l'espoir. Maintenant que le seigneur est revenu, les recherches vont reprendre, être plus efficaces...

— Vous saviez tout, n'est-ce pas? le coupe Géraud d'un ton plus dur qu'il ne le voudrait. Quand vous m'avez trouvé, vous avez compris que c'était nous, les enfants de votre mission, ceux d'Espagne! C'est pour cela que vous avez été gentil avec moi, que vous m'avez donné un chien!

À ces mots il ne peut retenir ses larmes.

— Ainsi, tu sais! murmure le chevalier. Qui te l'a appris?

— Ma mère... Tout à l'heure...

Le chevalier soupire.

— Je savais, bien sûr. J'ai compris très vite, dès le soir où je t'ai ramené du château jusqu'à la ferme. Les dates, les prénoms... Tout concordait. Mais ce n'était pas à moi de te parler. Quant à la chienne, et à notre amitié, elle n'a rien à voir avec cette histoire. Je t'aurais aidé, même si tu n'avais pas été l'enfant de ma mission!

Géraud hausse les épaules. Doit-il vraiment croire Bertrand de Ségur?

— Je suis un moine, mon garçon! insiste le chevalier. Je n'ai pas l'habitude de me préoccuper des hommes selon qu'ils sont nés riches ou pauvres. C'est ce qu'il y a dans leur cœur qui m'intéresse! Et ce que j'ai trouvé dans le tien est digne de mon amitié...

Chapitre 9

Dans la bibliothèque de la commanderie de Montchamp, Bertrand s'assoit face au feu qui brûle dans la cheminée, un livre entre les mains. Il aime à se retirer dans cette pièce à l'atmosphère feutrée et studieuse. Quelques moines, penchés sur leurs écritoires, tracent courbes et arabesques à la lueur des chandelles. Seul le léger grattement des plumes sur les parchemins trouble le silence.

Pourtant le chevalier n'arrive pas à lire. Sa pensée le ramène à Lastic, où, à sa demande, il a été reçu dans l'après-midi par le seigneur, Étienne Bompar. Les deux hommes ne se sont croisés qu'un instant en octobre 1311. Après avoir confié les enfants qu'il ramenait d'Espagne à Marie, Bertrand avait passé la nuit au château. Au matin, alors qu'il s'apprêtait à reprendre la route, Étienne Bompar l'avait fait appeler.

— Vous avez fait un long et périlleux voyage pour me rendre service et mettre à l'abri les enfants d'un de mes amis, lui avait-il dit avec chaleur. Je ne vous en remercierai jamais assez. Je sais que vous partez pour l'île de Rhodes. Dieu vous garde !

Lorsqu'ils se sont revus, aujourd'hui, ils partageaient la même émotion.

— Cette rencontre me rend très heureux, a dit Étienne Bompar. Mais quel drôle de hasard ! Après toutes ces années passées loin de chez nous, ma cuisinière m'apprend qu'une des premières personnes que vous croisez n'est autre que Géraud ?

— Hum, a dit Bertrand, le hasard, je n'y crois pas trop... Dieu ne sait-il pas parfaitement ce qu'il fait ?

— Alors, espérons qu'il nous rendra Madeleine ! a soupiré Étienne. Je viens d'être averti de sa disparition.

— C'est justement l'objet de ma visite. En savoir plus sur l'histoire de ces enfants afin de mieux comprendre, peut-être, ce qui a pu se passer. Je n'ai guère eu le temps de vous questionner, il y a dix ans...

Le seigneur sourit.

— Ce matin-là, je me souviens, je vous ai envié! J'aurais aimé alors quitter la France, avoir une vie semblable à la vôtre, loin des querelles du pouvoir. Pourtant, j'imagine que votre existence n'a pas toujours été amusante. Même si elle n'a rien eu de tragique, comme celle des templiers. Le père de Géraud et de Madeleine était un ami d'enfance. Il s'appelait Hugues. C'était un garçon droit et bon qui a juste eu le tort de croire que le Temple ferait son bonheur. Nous étions très proches...

À cet instant, des coups s'étaient fait entendre à la porte, interrompant le seigneur.

— Oui?

Un garde à l'allure nerveuse avait pénétré dans la pièce.

— Des hommes du roi sont là. Ils demandent à vous voir. Ils affirment qu'un individu recherché depuis plusieurs années aurait été aperçu sur vos terres!

Étienne Bompar avait blêmi. Pendant quelques secondes, il était resté silencieux, semblant chercher son souffle. Le regard qu'il avait posé sur Bertrand de Ségur était celui d'un homme inquiet.

— Revenez demain, lui avait-il soufflé d'un ton soudain las. Je crois que nous devons parler.

À présent, les jambes allongées devant l'âtre, Bertrand s'interroge. Il a toujours été proche des autres et son instinct ne l'a jamais trompé. Lors de la visite des troupes du roi, le seigneur de Lastic a eu peur, il en est certain.

Étienne Bompar aurait-il quelque chose à se reprocher ? Bertrand a la conviction que c'est un homme loyal et généreux. Ne l'a-t-il d'ailleurs pas prouvé en recueillant les enfants de son ami ?

Bertrand de Ségur se lève, range soigneusement le livre qu'il a emprunté. Ainsi donc le père de Géraud s'appelle Hugues ! Qui sait s'il est encore vivant ? Le seigneur n'en parle-t-il pas au passé ?

Il dort d'un sommeil agité, est debout avant l'aube. Après mâtines*, il arpente avec nervosité le vaste domaine de la commanderie. Il a hâte de voir l'heure de son rendez-vous avec Étienne Bompar arriver.

Lorsque, enfin, celui-ci le reçoit, c'est avec un visage contrarié.

* La première messe du matin.

— J'ai une chose importante à vous dire... commence-t-il en faisant signe au chevalier de s'asseoir. Mon ami Hugues est ici. Il a rejoint notre région il y a plusieurs mois...

— Comment! s'écrie le chevalier. Il est donc vivant! Mais pourquoi est-il revenu?

Étienne Bompar a un geste d'impuissance.

— Le mal du pays sans doute, et puis le besoin de voir à quoi ressemblaient Géraud et Madeleine. De loin bien sûr, car il ne s'est pas fait connaître d'eux. Oh, j'ai hésité lorsqu'il m'a demandé de l'héberger. Mais lui comme moi savions qu'il pouvait vivre dans les souterrains de ce château.

— Des souterrains? souffle Bertrand de Ségur surpris.

— Oui, il y a sous nos pieds un dédale de couloirs insoupçonnable, aboutissant à une pièce où il est possible de séjourner sans se faire remarquer. On y accède par la cheminée de la cuisine. Ce sont mes ancêtres qui les ont fait creuser... C'est une cachette très sûre et je ne comprends pas comment on a pu retrouver sa trace.

— Sa trace? Que voulez-vous dire? s'inquiète le chevalier. Votre ami n'est tout de même pas la personne que recherchaient hier les hommes du roi?

— Hélas, si! Hugues a échappé de justesse aux arrestations du 13 octobre 1307. À son arrivée, il a décidé de recréer un réseau secret afin de laver l'honneur des templiers. Je suppose que cette folie est parvenue aux oreilles des soldats...

Bertrand de Ségur est abasourdi.

— Il vous a dit cela? Qu'il voulait remonter l'ordre?

— Oh, non, pas lui! Jamais il n'aurait osé!... Il savait bien que je m'y serais opposé. C'est son ami le lépreux qui m'a tout avoué.

— Un lépreux! s'exclame le chevalier.

— Oui. Hugues et lui se connaissent depuis plusieurs années. Ils ont beaucoup d'estime l'un pour l'autre. Hugues n'a jamais voulu se séparer de son ami, même lorsque ce dernier est tombé malade. Après avoir reçu la visite des officiers du roi, je l'ai fait mander. Non seulement il m'a raconté ce que tramait Hugues, mais il m'a aussi déclaré que, depuis plusieurs jours, il n'avait pas rejoint leur cachette.

— Où débouchent les souterrains? demande le chevalier.

— Dans une forêt de chênes, non loin d'ici.

— Géraud a parlé à un lépreux, il y a quelques semaines, dans une forêt. Se pourrait-il que ce soit ce même homme ?

— Absolument. Et ce que Géraud ne savait pas et que m'a appris cet homme, c'est que ce jour-là son père était dans la cachette et l'entendait. Hugues est devenu comme fou en apprenant la disparition de Madeleine. Dès que l'enfant s'est éloigné, il a déclaré au lépreux qu'il partait sur le champ chercher sa fille. On ne l'a pas revu !

Bertrand de Ségur est tassé sur sa chaise. Il reste silencieux un long moment, puis marmonne :

— C'était un piège...

— Un piège ? Que voulez-vous dire ?

Le chevalier se lève. Ses mains courent nerveusement sur son menton.

— C'est cet homme ! poursuit-il. J'en suis sûr ! Il devait savoir qu'Hugues était ici, le traquer... C'est pour cela qu'il a enlevé Madeleine, qu'il savait qu'elle et Géraud se ressemblaient !

— De qui donc parlez-vous ? demande le seigneur.

— De ce fou dont je ne cesse de croiser la route ! s'exclame le chevalier. Le même qui a fait tuer mon oncle ! Une fouine, un mécréant, qui poursuit les templiers avec une hargne, une violence, une froideur, qui rappellent celles de feu Philippe le Bel et de son valet, Guillaume de Nogaret! Des hommes de fer, oui! Bien loin des hommes de Dieu!

— Je ne comprends pas... l'interrompt Étienne Bompar.

— Dites-moi, continue le chevalier comme s'il ne l'avait pas entendu. Savez-vous de quelle commanderie votre ami Hugues s'est enfui, en octobre 1307?

— De la commanderie de Celles, non loin d'ici.

— C'est bien cela! souffle le chevalier. Tout est clair à présent, je le crains...

— Qu'est-ce qui est clair? s'étonne Étienne Bompar. Moi, cela me semble au contraire bien obscur!

— Pierre de Ségur, mon oncle, et Hugues, votre ami, faisaient tous les deux partie de la même commanderie. Pierre de Ségur a été le premier sur la liste des torturés simplement parce qu'il souhaitait prendre quelques instants pour dire adieu à sa nièce. Il a été brûlé sous mes yeux. Un autre frère a pu s'échapper : votre ami Hugues. Cet officier, celui dont je vous parlais tout à l'heure, a misé sur la patience. Il savait bien que si l'homme était encore vivant, tôt ou tard il reviendrait dans son pays, auprès de ses amis. Comment a-t-il appris qu'il avait ici deux enfants, je l'ignore. Mais les langues sont toujours allées bon train, à Vieille Spesse, d'après ce que m'a confié Mathilde. Lorsqu'il a compris qu'Hugues se cachait dans les environs, cette vermine n'a eu qu'à poser son piège : faire enlever Madeleine. Si la fillette était bien, comme on le lui avait raconté, la fille d'Hugues, celui-ci allait sortir de son trou. Et cela a apparemment fonctionné à merveille...

— Si ce que vous dites se révèle exact, cela signifie que Madeleine est sûrement vivante ! murmure Étienne Bompar.

— Dieu du ciel ! Pour combien de temps ? Qui nous dit que s'ils tiennent le père, ils relâcheront la fille ! s'emporte le chevalier.

Puis, d'une voix plus douce :

— Il faut dire la vérité à Géraud. Cela va être un choc terrible, mais il doit savoir pourquoi sa sœur a disparu.

Chapitre 10

Étienne Bompar se glisse sur un des côtés de la monumentale cheminée de pierre noire des cuisines du château de Lastic.

Il lève les bras, ses mains tâtonnent dans l'obscurité.

— C'est ici, dit-il à ceux qui l'accompagnent.

Peu après, un bloc de pierre de la taille d'une porte pivote derrière lui, découvrant un trou sombre.

Le cœur de Géraud cogne si fort dans sa poitrine qu'il craint qu'on ne l'entende. La veille au soir, Bertrand de Ségur est venu le trouver, le visage grave.

— Tu te souviens de ce lépreux à qui tu as parlé, dans la forêt ? lui a-t-il demandé. Eh bien, il te disait la vérité. C'est un fidèle ami de ton père et il a des choses à te confier. Nous le verrons demain.

À présent, deux hommes munis de torches s'avancent. Un escalier exigu plonge dans les ténèbres. L'un après l'autre, ils s'y engagent.

— Doucement, dit un garde. Le chemin est difficile.

Il semble à Géraud que l'escalier n'en finit pas de tourner. Il y a des marches, une quantité invraisemblable de marches. C'est comme si on cherchait à gagner le fond d'un puits.

— Nous sommes ici dans le rocher, explique le seigneur de Lastic. Nos ancêtres n'ont dû trouver que cette étroite langue de terre souple pour pouvoir s'enfoncer...

Enfin ils atteignent une grande salle voûtée. Là s'entassent quantité de vivres, de saloirs, de petits tonneaux. De quoi subsister plusieurs jours sans souffrir de la faim!

Le seigneur de Lastic ouvre un buffet de bois, actionne un nouveau mécanisme. Une porte s'entrebâille dans le fond du meuble. Un escalier, puis un couloir encore. Géraud frissonne. «On est certainement sous la forêt!» pense-t-il avec un peu d'effroi.

À présent le souterrain s'élargit et débouche sur une vaste pièce. Il y a là une table, sur laquelle brûlent des chandelles, un coffre de bois sculpté, et une jarre pleine d'eau dans un coin. Le lépreux est assis sur un siège, à l'écart. Son visage est en partie dissimulé par une écharpe nouée derrière sa tête. Malgré cela, Géraud reconnaît immédiatement l'homme qu'il a croisé dans les bois.

— Vous! s'exclame-t-il.

— Oui, mon garçon, c'est bien moi. Pardonne-moi de t'avoir chassé brutalement, la dernière et seule fois où nous nous sommes rencontrés.

Il pose sur le garçon un regard triste.

— Comme j'aurais aimé que tout cela se passe autrement! poursuit-il. Que ton père soit là, et ta sœur aussi. Hugues était si fier lorsqu'il lui arrivait de vous apercevoir! Il ne rêvait que d'une seule chose, vous serrer dans ses bras...

Le chevalier l'interrompt:

— Géraud ne sait rien de son histoire. Sa mère lui a simplement raconté la façon dont sa sœur et lui sont arrivés dans leur famille. Nous pensions, le seigneur de Lastic et moi-même, que vous étiez le mieux placé pour lui expliquer ce qui s'est passé avant...

Le lépreux hausse les épaules.

— Hugues, interroge Géraud d'une voix timide, c'est le prénom de mon père?

— Oui, Géraud. Hugues... Hugues de Lys. Nous nous sommes connus il y a treize ans, sur les routes qui mènent en Espagne. Il venait d'échapper à la traque mise en place contre les templiers. Nous avons continué notre chemin ensemble, vivant comme des pauvres. Notre seule richesse était notre amitié. Lorsque nous sommes arrivés à Madrid, nous avons été hébergés chez des gens d'une grande piété. Puis ton père est tombé gravement malade. C'est la nièce du maître des lieux, une jeune orpheline nommée Lisa, qui le soignait. Je me suis absenté plusieurs mois, mais j'ai su qu'il avait repris des forces, qu'il menait une vie normale.

Pour la première fois, un sourire se dessine sur le visage du lépreux.

— Quelle ne fut pas ma joie lors de mon retour à Madrid! poursuit-il. J'avais laissé un ami tourmenté par son passé comme par son avenir, et je trouvais un jeune mari fou de bonheur. Hugues, qui n'avait plus de lien avec le Temple, puisque celui-ci avait été dissous, avait choisi d'être heureux avec la femme qu'il aimait. Un prêtre avait accepté de bénir son union avec Lisa. Ils attendaient un bébé pour le printemps.

Le lépreux laisse passer un silence. Son sourire s'efface, pour faire place à une moue désabusée.

— Elle était si belle, Lisa, si douce... Est-ce Dieu qui a voulu cela? Depuis ce matin du mois de mai, je me le suis toujours demandé...

La voix de l'homme se brise. Des larmes coulent à présent de ses yeux.

— Géraud n'est qu'un enfant... murmure le chevalier inquiet.

— Vous avez raison, balbutie le lépreux. D'ailleurs ce fameux jour était aussi un jour de joie : deux bébés, vous pensez! un garçon et une fille! Hugues a choisi leurs prénoms. Mais ensuite bien sûr, il a eu trop de chagrin, il faut lui pardonner...

— Elle est morte? demande alors Géraud bouleversé. Notre mère est morte, c'est cela?

Bertrand de Ségur pose une main affectueuse sur son épaule.

— Oui, mon garçon, répond l'homme. Et cela, ton père ne l'a pas supporté.

Géraud avale sa salive avec difficulté. Une sorte de boule lui noue la gorge. Lisa, sa mère? Sans le vouloir, il l'imagine alors avec le visage de Mathilde. Blonde, avec des yeux bleus. Ce n'est pas cela, bien sûr.

— Vous êtes le portrait de Lisa, Madeleine et toi, reprend le lépreux, comme s'il lisait dans ses pensées. La peau mate, de grands yeux noirs, des cheveux foncés. Votre mère était très belle!

Géraud secoue la tête. Il semble perdu. Il ne veut plus rien entendre. Il a l'impression que plus il sait de choses sur sa naissance et celle de Madeleine, plus il trahit Léon et Mathilde. Il se sent coupable.

Étienne Bompar se rend compte de son trouble. Il cherche à le distraire.

— Regarde, Géraud, lui dit-il en lui désignant d'un geste de la main un petit escalier étroit et raide. Voici le bout du souterrain, la porte vers la liberté.

Un instant distrait, l'enfant s'avance, grimpe les quelques marches. Elles donnent sur une minuscule porte, qu'il pousse avec difficulté. Derrière, c'est un enchevêtrement de taillis et de rochers.

— C'est par là que je sortais, en rampant sous les branches! explique le lépreux sans quitter son recoin. Ce n'est que quand j'avais vérifié que les alentours étaient vides qu'Hugues s'avançait à son tour pour faire quelques pas et respirer l'odeur de la forêt.

Il y a en effet, au pied des taillis, un petit espace, un tunnel de verdure à travers lequel on ne passe que couché.

— Ainsi, demande Géraud, j'étais de l'autre côté de ce bosquet lorsque je vous ai vu, la dernière fois?

— Oui, mon garçon. Et ton père était ici lui aussi. Quand il a entendu le bruit de la crécelle, il a compris qu'il ne devait pas se montrer. Mais il a appris, de ta propre bouche, que ta sœur n'était pas rentrée!

Chapitre 11

Le soleil a beau être éclatant ce matin, éclairant les feuilles vert tendre des bouleaux, Géraud ne voit rien.

Il a passé la nuit dans la paille de l'étable, blotti contre sa chienne, se remémorant chaque parole entendue la veille.

Il voudrait oublier cette histoire trop compliquée, trop douloureuse, retrouver Madeleine et sa vie d'avant, lorsqu'ils n'étaient que les enfants d'un fermier... C'était si simple alors ! Car maintenant, Géraud ne sait plus vraiment qui il est. Ni qui est cet homme, cet Hugues de Lys, qu'il n'a jamais vu, et qui a préféré ne pas les élever, lui et Madeleine.

Hier, quand il s'est retrouvé seul avec Bertrand de Ségur, sur le chemin du retour, le garçon n'a pu retenir la question qui lui brûlait les lèvres :

— Mon père, c'est parce qu'il ne veut pas me voir qu'il n'était pas là aujourd'hui ? Il m'en veut de n'avoir pas surveillé Madeleine ?

— Que vas-tu donc te mettre en tête, Géraud ? a grondé le chevalier. Ton père t'aime ! S'il n'était pas là, c'est que, depuis quelques jours, il a disparu.

— Ah ? peut-être qu'il est reparti en Espagne ?

— La vérité est tout autre, mon garçon. Ton père souhaitait vous revoir. Vous lui manquiez terriblement.

— Pourquoi ne nous a-t-il pas parlé alors ?

— Mais parce qu'il vous savait heureux avec Mathilde et Léon ! Il s'imaginait mal arriver dans votre vie sans crier gare et tout bouleverser. Il attendait sans doute un moment plus favorable. Et puis, il devait rester caché ! Il n'était pas en sécurité.

— Pourquoi ? Le seigneur de Lastic ne le protège donc pas ?

Bertrand de Ségur a soupiré.

— C'est un peu plus compliqué. En arrivant ici, il y a quelques mois, ton père a pris des contacts avec d'anciens membres de l'ordre des templiers. Il voulait prouver que les hommes du roi leur avaient fait avouer n'importe quoi sous la torture, qu'ils étaient innocents des crimes dont on les accusait. Ce qu'il faisait était dangereux, et c'est pour cela qu'il ne devait pas se montrer.

— Mais alors, si on ne sait pas où il est, c'est que quelqu'un lui a fait du mal peut-être?

Bertrand de Ségur a fait la moue, mais n'a rien répondu.

Et toute la nuit, Géraud s'est posé la même question. Où est cet homme qui est son père? Pourquoi a-t-il disparu, comme Madeleine? Est-ce que quelqu'un en veut à leur famille? Et ses parents, Léon et Mathilde, est-ce qu'ils risquent de disparaître aussi?

À présent, dans la cour baignée de lumière, le coq houspille les poules. La chienne jaune aboie et cherche à s'amuser. Devant la maison, dans l'herbe à nouveau grasse, Violette, Linotte, Bataillou et les autres broutent paisiblement. La silhouette de Léon, puis celle de Mathilde se profilent au bout du pré. Une bouffée de tendresse emplit le cœur de Géraud.

«Il faut que je leur parle, pense-t-il, que je leur dise ce que je sais.»

À l'heure du repas, il raconte : les souterrains du château, le récit de l'ami de son père, la disparition de ce dernier. Il cherche un peu ses mots, effrayé à l'idée de leur faire de la peine. Et s'ils s'imaginaient que, maintenant, il va moins les aimer ?

À son grand étonnement, sa mère semble soulagée.

— Mon Dieu, si tu savais comme je suis heureuse, Géraud, que tu saches enfin quelque chose sur ton passé ! Si j'ai mis si longtemps à vous dire la vérité, à ta sœur et à toi, c'est que j'espérais un signe, des nouvelles, d'Espagne ou d'ailleurs. Mais plus j'attendais, plus je me sentais coupable. C'est Léon qui m'a poussée à avouer...

— Père ?! s'étonne le garçon en lançant à l'homme un regard plein d'affection.

— Désormais, nous ne serons plus seuls ! poursuit Mathilde. Madeleine et toi allez pouvoir être mieux éduqués et, qui sait, peut-être apprendre vos lettres...

— Si on la retrouve, Madeleine ! bougonne Léon.

Géraud pose la main sur l'épaule de cet homme qui l'a accueilli, élevé, et qui restera toujours son père. Il chuchote :

— Ne vous faites pas de souci. Je suis sûr qu'ils vont y arriver...

Et il garde pour lui, tout au fond de lui, comme un secret honteux, la crainte de ne revoir jamais ni Hugues ni Madeleine.

Chapitre 12

Trois jours s'écoulent, monotones. Bertrand de Ségur n'est pas réapparu. Géraud n'en peut plus d'attendre. Il regrette d'avoir quitté les souterrains si vite l'autre jour, de ne pas avoir posé davantage de questions sur son père. Et s'il allait trouver le lépreux ? Au matin du quatrième jour, il interroge Mathilde :

— Est-ce que je peux m'en aller ? Je voudrais me rendre au château de Lastic. Je serai de retour avant la nuit.

Il ment. Il ne veut pas aller au château, mais à l'endroit où il sait qu'il pourra rencontrer le lépreux. Seulement, jamais sa mère ne le laissera partir seul dans la forêt, même avec la chienne jaune.

— Va, répond Mathilde, je m'occuperai des bêtes. Mais surtout, promets-moi d'être là pour souper!

Dans les chemins, l'herbe est déjà haute. Heureuse de courir, la chienne gambade devant Géraud. Les genêts en fleur embaument, les papillons dansent, et, de tous côtés, c'est un concert de chants d'oiseaux.

Le garçon pense à Madeleine. Comme elle aimait, à cette saison, cueillir de grandes brassées de fleurs et les ramener à la ferme! Il se demande si elle voit le soleil, de l'endroit où elle est.

En arrivant dans la forêt, il a un peu de mal à se repérer. Il y a partout des rochers, des fougères et des ronces! Le mieux est peut-être de crier?

— Monsieur! Monsieur!

Comment pourrait-il nommer le lépreux? Il ne sait rien de lui. Pourtant, n'est-ce pas le meilleur ami de son père?

Alors lui parvient le bruit de la crécelle. Un homme apparaît, à demi courbé sous un taillis.

— Je m'appelle Jean, dit-il.

Oubliant la maladie, Géraud s'approche, désireux de l'aider. L'homme fait un non de la main, effrayé.

— Reste au loin ! lui ordonne-t-il. Si Hugues court des risques insensés à côté de moi, il n'est pas question que tu fasses de même ! Pourquoi es-tu là ? Que me veux-tu ?

Géraud, un instant surpris, reprend vite ses esprits.

— Je veux savoir, dit-il, si mon père est revenu.

Le lépreux fait une grimace.

— Personne n'a eu encore le courage de te tenir informé, à ce que je vois ! Ton père ne peut pas revenir, mon garçon, il a choisi de ne pas revenir.

— Choisi ? Mais comment cela ?

— Es-tu capable de l'entendre ? interroge le lépreux en le scrutant. Hum... ma foi, je le crois. Tous ici cherchent à te protéger : Bertrand de Ségur, le seigneur de Lastic. Moi, je te sens de la même trempe qu'Hugues. Prêt à faire face. Est-ce que je me trompe ?

Géraud tremble un peu. Mais il est fier. « À dix ans, on est un homme », affirme Léon. Oui, il saura affronter la vérité.

— Je veux savoir, répète le garçon.

— Alors écoute-moi. Ta sœur, Madeleine, est vivante. Elle est prisonnière au château d'Alleuze, à huit lieues d'ici. Elle a été enlevée par un officier du roi afin de servir de monnaie d'échange.

— Qu'est-ce que cela veut dire, monnaie d'échange? balbutie Géraud.

— Cela veut dire qu'on la rendra vivante à sa famille, en échange d'autre chose. Et cette autre chose, c'est un homme recherché depuis longtemps, un ancien templier... Ton père, Géraud!

— Mon père! murmure l'enfant.

— Les officiers du roi avaient promis au seigneur que Madeleine serait libre à l'instant où Hugues de Lys serait prisonnier. Lorsqu'il l'a appris, ton père n'a pas hésité. Il a accepté d'être capturé. Et je pense qu'on ne le reverra jamais...

La voix de l'homme se brise.

— Va maintenant, rentre chez toi! Le chevalier de Ségur est parti chercher Madeleine. Si Dieu les protège, ils ne tarderont pas à rentrer...

***

À midi le lendemain, Géraud touche à peine à son repas. Il n'arrive pas à penser à autre chose qu'à ce que lui a dit le lépreux. Son père! tombé dans un piège odieux, acceptant d'être prisonnier pour libérer sa fille, une fille qu'il ne connaît même pas !

S'il lui est arrivé de se dire, ces dernières semaines, qu'Hugues de Lys les aimait bien peu, Madeleine et lui, pour ne s'être pas montré pendant tant d'années, il sait maintenant qu'il a mal jugé son père. Car l'homme aurait pu fuir à nouveau, n'est-ce pas ? Retourner en Espagne ou n'importe où ailleurs. Or il a préféré se livrer, être jeté en prison, afin que ses enfants restent libres et vivants.

— Géraud, dit Mathilde inquiète, tu n'as rien mangé...

Le garçon essaye de sourire, mais n'y parvient pas.

— Mon père, celui d'Espagne, j'ai oublié de vous dire son nom l'autre fois, il se nomme Hugues de Lys...

— C'est un beau nom, déclare sa mère. Tu dois en être fier !

Elle lui sourit. Comme il l'aime !

Il n'a pas la force de raconter que ce père-là est en prison. Et que le chevalier essaye de sauver Madeleine. Ils seraient trop malheureux, ensuite, si personne ne ramenait sa sœur.

Après le repas, Géraud aide sa mère, débarrasse les écuelles de bois. Soudain la chienne jaune sort de sa torpeur et se met à japper. Le cœur de Géraud cogne dans sa poitrine.

— Bonne mère! s'exclame-t-il. Tu as entendu quelqu'un que tu connais?

Il n'a pas terminé sa phrase que l'animal est debout, remuant la queue et gémissant.

«Sûr que c'est le chevalier!» pense le garçon.

Il se précipite, ouvre grand la porte et sort dans la cour, suivi par Mathilde et Léon. Devant eux, tout au fond du pré, la silhouette d'un cheval et de son cavalier apparaît.

— C'est sûrement Bertrand de Ségur! lance Géraud.

— Mais... ils sont deux, il me semble! remarque Mathilde.

En silence, ils regardent approcher l'alezan, qu'a rejoint la chienne. Déjà, on distingue la croix blanche sur la poitrine du chevalier. Puis une tête brune aux longs cheveux, penchée derrière lui.

— L'autre, qui est-ce? demande Léon.

Géraud se met à rire. Sa joie est trop forte. Il n'arrive plus à parler.

Incrédule, sa mère le dévisage. Elle n'ose pas comprendre. Elle a peur de se tromper.

Alors Géraud prend la main de Mathilde et celle de Léon. Et c'est ainsi, soudés comme s'ils ne formaient qu'un seul être, qu'ils attendent Madeleine.

Chapitre 13

Léon est allé chercher du vin dans la remise, près de l'étable. Il en a toujours un tonneau, caché avec le fromage, le lard et les pommes. C'est le vin des grandes occasions.

Mathilde a sorti les gobelets, les a posés sur la table.

— Elle est là, Léon, elle est là! répète-t-elle en pleurant de joie. Madeleine! Ma petite fille...

— Si je m'attendais! Si je m'attendais! balbutie quant à lui Léon.

Géraud ne l'a jamais vu si bouleversé. Ses lèvres et ses mains ne cessent de trembler.

Autour d'eux, la chienne va et vient en jappant, s'arrêtant quelquefois pour renifler la fillette. Celle-ci a un instant d'hésitation avant de la caresser.

— Ce n'est pas la même... commence Géraud.

— Je sais, répond sa sœur. La nôtre est morte alors qu'elle me cherchait, monsieur de Ségur me l'a raconté...

— Allons! Allons! gronde le chevalier à qui ces mots n'ont pas échappé. Pas de tristesse aujourd'hui! C'est un jour de fête et je ne vois que des larmes!

Géraud pose son regard sur lui. Des cernes mauves ombrent ses yeux noisette, et il n'est pas rasé. A-t-il seulement dormi?

— Asseyez-vous, dit le garçon, vous devez être fatigué.

Bertrand de Ségur lui sourit.

— Diantre, Géraud, j'en ai vu d'autres! Mais j'avoue que, ce soir, je ne serai pas fâché de m'allonger!

Sans un mot, Madeleine est allée chercher les chandelles et les a allumées. On n'en a pas vraiment besoin, mais on la laisse faire. Elle retrouve les gestes familiers qui étaient les siens avant d'être enlevée. Elle est maigre, pâle, et reste tourmentée.

— Comment l'avez-vous retrouvée? souffle Léon, qui ne la quitte pas des yeux.

— Le seigneur de Lastic a appris où elle se trouvait et m'a chargé de la ramener. Mais c'est une histoire longue et compliquée. Je laisse à Géraud le soin de vous la raconter plus tard. Ce soir, nous avons décidé d'être gais !

Il porte le gobelet à ses lèvres.

— Hum ! apprécie-t-il, il est bon !

Un sourire éclaire le visage de Léon.

— Chut ! souffle Géraud. Regardez !

Un air attendri s'affiche sur les visages. Aussitôt assise, la fillette s'est endormie, la tête posée dans ses bras, à même la table.

— Il faudra du temps pour qu'elle oublie cela, murmure le chevalier. Dieu merci, elle n'a pas été maltraitée. Mais la faim, le froid et la peur sont une terrible épreuve pour une fillette de cet âge !

— Je ne comprends pas, chuchote Mathilde. Pourquoi s'est-elle éloignée ce dimanche-là, sans rien dire à son frère ?

— Une femme l'a abordée, un jour, dans le village. Une inconnue, qui avait dû être grassement payée. Elle a déclaré à Madeleine qu'elle avait un secret à lui révéler, mais à elle, et à elle seule. Si elle parlait de cela à quiconque, il arriverait malheur à son frère. La curiosité a fait le reste.

Pour un peu, Géraud se sentirait presque contrarié ! Ainsi, Madeleine soupçonnait, elle aussi, qu'on leur dissimulait quelque chose... Et lui qui pensait la protéger en omettant de lui révéler les phrases curieuses qu'il entendait. S'ils s'étaient tout dit, Madeleine n'aurait pas été à ce rendez-vous, et personne peut-être n'aurait arrêté leur père !

— Mais qui pouvait savoir que nous étions les enfants d'Hugues de Lys ? souffle le garçon. Mathilde et Léon eux-mêmes ignoraient tout de lui, jusqu'à son nom.

Bertrand de Ségur jette un coup d'œil sur Madeleine, dont la respiration profonde et régulière le rassure.

— J'avoue que cela reste un mystère. Quelqu'un a parlé, c'est sûr. Tôt ou tard, nous l'apprendrons.

Lorsque, dans la soirée, le chevalier prend congé pour regagner sa commanderie, à Montchamp, Géraud le suit dans la cour de la ferme.

— Je suis allé dans les bois. J'ai revu le lépreux, lui confie-t-il. Il pense qu'on ne reverra jamais mon père !

Des larmes brillent dans ses yeux.

— Il faut garder confiance, Géraud. Beaucoup d'anciens templiers font l'objet d'arrestations en ce moment. On les accuse d'avoir favorisé la révolte des lépreux et de leur apprendre à se servir des poisons. Des rivières et des sources commencent à être empoisonnées dans le pays.

— C'est affreux! s'écrie le garçon. Je suis sûr que mon père n'est pour rien dans tout cela!

— Et c'est pourquoi nous devons espérer. La famille Lastic est puissante. Elle dispose de nombreux appuis et fera tout pour sortir ton père des geôles du roi.

Géraud le regarde avec gratitude. Cet homme l'a toujours soutenu. Il a eu beaucoup de chance de le rencontrer.

Chapitre 14

Dans la jolie chapelle de Vieille Spesse, jamais Géraud n'a fait sa prière avec une telle ferveur. À côté de lui Madeleine, encore faible, sourit. Tous les regards sont braqués sur eux.

— Tu as eu très peur ? chuchote Géraud dès qu'il a terminé son action de grâces*.

— Oh, oui ! murmure-t-elle. Mais je savais que tu me chercherais...

Géraud la regarde. Il se dit que cet après-midi ils partiront se promener, et qu'il en profitera pour lui raconter l'histoire de leur père

* Prière de remerciement, de reconnaissance, adressée à Dieu.

et de leur mère. De ceux qui leur ont donné la vie... Car Léon et Mathilde aussi sont leur père et leur mère. Comment Madeleine va-t-elle réagir lorsqu'elle saura qu'elle a été «échangée» avec Hugues de Lys? Qu'elle est libre parce qu'il est prisonnier?

«Mon Dieu, faites qu'il sorte bientôt, qu'on le connaisse un jour», demande-t-il, dans le secret de son cœur.

Le garçon tourne la tête. Le soleil joue avec les vitraux, et un arc-en-ciel danse près de l'autel, projetant sur les dalles de pierre un dessin multicolore.

«Et protégez aussi le chevalier.»

À côté de lui, sa mère se tient droite. Elle est fière. Léon aussi a fait l'effort de quitter la ferme. Géraud les regarde avec tendresse.

La veille, Bertrand de Ségur est venu leur dire au revoir. Il va séjourner quelques mois dans une commanderie de l'ouest de la France. Avant de quitter Géraud, il l'a conduit jusqu'au pré où broutait son cheval alezan.

— Il n'y a guère de place dans les écuries de Montchamp, a-t-il affirmé en lui désignant le bel animal. Alors, en accord avec Léon, je te le confie pendant mon absence.

— C'est vrai! s'est écrié le garçon émerveillé. Je pourrai m'en occuper?

— Oui, a répondu le chevalier. Mais uniquement lorsque tu auras terminé ton travail. Désormais, Madeleine et toi apprendrez vos lettres avec les moines du prieuré. Quelle déception pour votre père, si, en retrouvant la liberté, il vous découvrait ignorants !

À présent, les cloches sonnent à toute volée. L'office est terminé. Sur le parvis de la petite église, Madeleine regarde sans la voir la foule qui commence à l'entourer. La rumeur a fait son chemin. Personne n'ignore plus l'aventure des enfants et tous voudraient leur parler.

Mais la fillette n'y prête aucune attention. Elle se tourne vers son frère, un sourire éclatant aux lèvres.

— Dis, maintenant que la messe est finie, on va courir vers la rivière avec la chienne jaune ?

Brigitte Heller-Arfouillère

L'auteur est né en 1956. D'abord rédactrice publicitaire, elle s'est ensuite consacrée pleinement à l'écriture. Elle est déjà auteur au Père Castor de *L'enfant et le dauphin, Dix contes et légendes de chevaux* et de *Dix légendes de dauphins*.

Vivez au cœur de vos
passions

Policier

Humour

Théâtre

Aventure

La vie en vrai

CASTOR POCHE

Passion cheval

Histoires d'ailleurs

Voyage au temps de...

Contes, Légendes et Récits

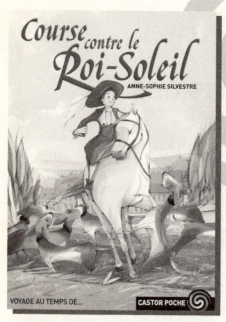

Au château de Versailles, Monsieur Le Brun est prêt à dévoiler son nouveau chef-d'œuvre, le bassin d'Apollon. Toute la cour est là... sauf le Roi-Soleil, qui est introuvable! Philibert, le fils de l'artiste, décide de tout faire pour retrouver Louis XIV, tant que le soleil éclaire le bassin. Mais il faut faire vite! Philibert se lance dans une course contre le soleil!

Course contre le Roi-Soleil
Anne-Sophie Silvestre   n°1012

Les années
COLLEGE

avec **CASTOR POCHE**

Le château des Poulfenc
1. Les morsures de la nuit
Brigitte Coppin

n°1074

Thomas, héritier de la noble lignée des Poulfenc, quitte le monastère où il a grandi pour devenir chevalier. Son frère est mort, il doit prendre sa suite. Au château, son oncle ne semble pas se réjouir de son retour... Les silences sont pesants et il se passe des choses étranges. Thoma sera-t-il capable d'affronter les sombres mystères de son passé? Le destin du château des Poulfenc repose entre ses mains...

Les années

avec **CASTOR POCHE**

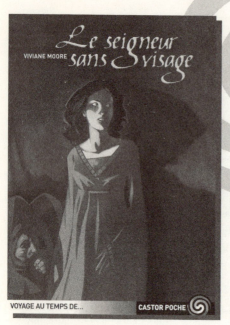

Le Seigneur sans visage
Viviane Moore

n°993

Le jeune Michel de Gallardon fait son apprentissage de chevalier au château de la Roche-Guyon. Une série de meurtres vient bientôt perturber la quiétude des lieux. La belle Morgane, semble en danger... Prêt à tout pour la protéger, Michel fait le serment de percer le secret du seigneur sans visage... Mais la vérité n'est pas toujours belle à voir...

Les années

COLLEGE

avec **CASTOR POCHE**

Aliénor d'Aquitaine
Brigitte Coppin

n°641

1137. Aliénor, âgée de 15 ans, quitte sa chère Aquitaine pour épouser le roi de France et devenir reine. Elle entre à Paris sous les cris de joie et les gerbes de fleurs, mais très vite, sa vie royale l'ennuie. Entre une belle-mère autoritaire et un mari trop timide, Aliénor ne parvient pas à assouvir ses rêves de pouvoir et sa soif d'aventures.

Les années

avec **CASTOR POCHE**

Cet
ouvrage,
le mille trente-sixième
de la collection
CASTOR POCHE,
a été achevé d'imprimer
sur les presses de l'imprimerie
Litografia Rosés
Gava-Espagne
en Juin 2009

Dépôt légal : janvier 2007.
N° d'édition : L01EJENFP3460N001. Imprimé en France.
ISBN : 978-2-0816-3460-2
ISSN : 0763-4497
Loi n° 49-956 du 16 juillet 1949
sur les publications destinées à la jeunesse